慢慢想

刘芳随笔精选集

刘芳 著

华夏出版社

图书在版编目（CIP）数据

慢慢想 / 刘芳著. -- 北京：华夏出版社有限公司,2021.1（2021.3重印）
（刘芳随笔精选集）
ISBN 978-7-5222-0035-4

Ⅰ.①慢… Ⅱ.①刘… Ⅲ.①散文集-中国-当代Ⅳ.① I267

中国版本图书馆CIP数据核字(2020)第214569号

慢慢想

著　　者	刘　芳
责任编辑	赵　楠
出版发行	华夏出版社有限公司
经　　销	新华书店
印　　刷	河北赛文印刷有限公司
装　　订	河北赛文印刷有限公司
版　　次	2021年1月北京第1版　2021年3月北京第2次印刷
开　　本	787×1092　1/32
印　　张	6.25
字　　数	98千字
定　　价	49.80元

华夏出版社有限公司　地址：北京市东直门外香河园北里4号　邮编：100028
网址：www.hxph.com.cn　电话：（010）64663331（转）
若发现本版图书有印装质量问题，请与我社营销中心联系调换。

关于《慢慢想》

这是一本散文集,收录了作者近六年来的三十多篇散文作品,还有两篇序言,通过对生活中小人物的回忆,对他们思想小火花的捕捉,以及自己对社会的观察和思考,画面感极强地反映了她的生活态度,思想情感和独特的三观,也许你不会发现那是来自一个盲人的视角和笔端,内心善良,敞亮,健康,欢喜才是最重要的。

之所以取名为《慢慢想》,是因为现在的阅读太急功近利,追求立竿见影的改变,比如聚集财富,比如走出困境,而生活本身是不能这样急于求成的事情,应该像喝茶,像弹琴,像看风景那样,太快就错过了欣赏、欢喜和沉淀,我们不希望你错过慢慢看别人心情的机会,也不希望你错过慢慢丰富自己思想的那些可爱瞬间。

看别人的故事,想自己的人生,也许她的想法就是你有过的念头。

序言由贵州省文联主席顾久先生执笔,也写得妙趣横生，值得一读。

作者刘芳，贵州贵阳人，贵阳市白云区第三中学教师，中国盲人文学委员会委员，国务院授予的"最美奋斗者"，中宣部评选的时代楷模，全国优秀教师，贵州省五一劳动奖章获得者，2015年获得年度海内外有影响的《中国妇女》时代人物称号和童年的感动中国候选人提名。她曾经出版过两本小说，《石榴青青》苏州大学出版社、《花开十年》鹭江出版社。2015年11月《石榴青青》获得中残联文学创作比赛二等奖；2016年10月短篇小说《漆石无语》获得中国残联小小说比赛一等奖；2016年12月散文《助飞折翼的天使》获得省残联征文二等奖；2017年11月诗歌《宠坏了》获得全国盲人文学联谊会第一届诗歌大赛二等奖；2018年10月《从愈合的股骨到文明的脚步》获得中国盲人文学联谊会散文大赛一等奖。

我是一只可爱的九头鸟,五岁时随三线建设的父母飞到云贵高原,在这里筑巢,十六岁第一次学会用诗歌鸣叫,二十二岁毕业于贵阳学院中文系,就职于贵阳市白云区第三中学,担任过十六年的语文教师和十四年的班主任,这里就是我梦想的枝头。

1997年,我患视网膜色素变性。十年后我双目彻底失明,我的生命大厦几乎坍塌。2007年,我转型做了心理辅导老师。2016年,我受贵州省综合广播电台邀请在开办心理疗愈节目"爱聆听";著有自传体长篇小说《石榴青青》和《花开十年》,并为盲人朋友创作了《借你的眼》等三首公益歌曲;曾经多次参加各级残联举办的朗诵、演讲和征文比赛,频频获奖。我在废墟上勇敢地开出了一朵小花儿,开始为自己歌唱。

我是贵州省作协会员、贵州省阅读推广大使、贵阳市盲协主席,曾经获得全国优秀教师、全国三八红旗手标兵、全国时代楷模和全国最美奋斗者等荣誉,被新华社称为中国大山里的海伦·凯勒。

我不完美,但是我向往美好的世界。

目录

序 美意流芳 / 1
自序 又见花开 / 6

我是谁 / 1
蝶翅随风想 / 18
被爱划过的痕迹 / 23
又见初恋 / 32
蝉翼随心 / 37
是你温暖了岁月 / 40
老李的哲学 / 45
外婆的大围裙 / 52
我的父亲 / 59
那年花开她还在 / 74
优雅来袭 / 80
花有魂魄 / 85
雷山飞歌 / 87
没有风景的银杏村 / 91

美哉,青岩兮 / 96

走进三峡 / 100

十年河西 / 106

你要爱那张藤椅 / 109

树叶下的哭泣 / 113

手镯女人心 / 118

我是你的一棵树 / 121

活着 / 124

另外一种生活方式 / 135

路边的野花 / 139

何保安之生死篇 / 144

神仙也怕你 / 149

戏说老钟 / 152

小孔遇鬼记 / 156

花开错时 / 160

蜂子来了 / 163

我选择了原谅 / 167

哭来笑去 / 171

知己如针 / 173

你们是谁,我是谁 / 176

序 美意流芳

我与刘芳结识，缘于数年前"大山的脊梁"活动。那是由当时民盟中央的副主席张梅颖大姐牵线，香港新世纪集团出资，民盟贵州省委会和陶行知思想研究会承办的评比活动。为参与评选，有数百万张选票雪片般飞来，倾诉着那些感人的山区教师们的故事，最后评选出的十个人中，就有刘芳。后来，我们又在推广阅读的活动中多次会面，算是老朋友了。

初识刘芳，诧异她视力不健全，如何能当老师？但观察她的职业素质并听取了她学生的追忆，我领悟到，刘芳真的是位非常好的老师。也许她的步履会蹒跚，字迹会重叠，会看不到学生的表情和作业……但是教育最重要的并不是这些，而是灵魂与灵魂能否交融，教师的人品、爱心、学识能否感染和熏陶她的孩子们。这些方面，刘芳都做得好，大家都说她是"非常好的老师"！在现代社会重视实用知识和考试成绩的现实情况下，如何让灵魂跟上知识,更显价值。

我能想象,一个敏感乃至多愁善感的女人,当视力冷漠无情地渐渐远去时,她的无奈、痛苦和落寞。但课堂还在,学生还在。刘芳在给予孩子们笑容和温暖的同时,孩子们也报之以欢笑和关爱,这温暖和关爱,赋予了生命的意义,也是最美好的情感。刘芳渐渐超越了课堂有限的讲述,勇敢地用笔墨向全世界倾诉她心中的阳光和温暖。

这本书中《我是谁》一篇,刘芳对自己的相貌、性格、爱好、家庭等作了真诚的剖析。《又见花开》是一篇很可爱的文章,回忆她渐次走进黑暗的痛苦,又重新走向课堂、用笔墨记述人生的经历。在《石榴青青》和《花开十年》之后,又绽放出心底的一朵鲜花——《慢慢想》。此外的三十余篇,有的像诗人一样用想象去飞翔,尽情感受世间的美丽动人和脆弱无助,如《蝶翅随风》《首饰手镯女人心》《树叶下的哭泣》;有的因生活中一件小事而有所触动,情思连绵,如《蝉翼随心》《十年河西》《花开错时》《哭来笑去》《知己如针》;有的记叙着生命中难忘之事,如《活着》《优雅来袭》;有的描摹人物,情感浓郁,如《外婆的大围裙》《我的父亲》；而《老李的哲学》《小孔遇鬼记》《何保安之生死篇》则像速写、漫画，轻松幽默……

刘芳的讲述，富于深深的哲理，在《我是谁》中，刘芳写道："眼睛是向外看的，耳朵是向外听的，手也是向外指的。那自己是谁？很多人总是向外求答案，大多时候在乎的是别人嘴里的自己，而且是被褒奖的自己，却失去了剖析自己灵魂的胆量，失去了直视自己内心的勇气，陷入了对别人评价优劣的患得患失中。"话语貌似平淡，其实却提出了古希腊阿波罗神殿石柱上镌刻的著名箴言"认识你自己"。

刘芳的讲述，有着一个女性的独到见解。如《蝉翼随心》，古人写蝉者多，大都描绘的是一种居高声远、顾影自怜的形象，但在刘芳的笔下，蝉却是苦苦在地底下蛰伏十七年、等待爱情宣泄一刻的苦爱象征，她写道："人世间许多浅薄的爱情怎能与之相提并论呢？因为人世间的爱情多是希望爱过之后得到什么，如同投资经营了，就必须有丰厚的利润；而蝉不是，它们憧憬了、它们守望了、它们忍耐了。十七年以后，在树枝上，在浓密的绿叶的衬托下，绽放一朵炫目的爱情花朵，怎不令人唏嘘慨叹？蝉的翅膀轻柔、剔透，每个纹路清晰可见，书写的都是思念与牵挂，它们还会蜕下一个金黄的、透明的壳，也是那样轻柔、完美，诠释的是一段短暂的生命。柔弱的身体对同样短暂而柔弱的爱情的真实追求，在世间留下一个阳光下绝美的爱情故事。"再如《我的父亲》："在最后几天里，他总是轻轻握着我的手，不愿意松开。我就摸他的脸，亲他的脸，问他：'老爸，你最爱谁呀？'他勉强笑了笑，气若游丝道：'最爱你。'后面再加上一句：'你要照顾好你妈，她心脏不好，我担心啊。'然后两颗很大的眼泪滚了出来，落在我的心上，我的心就变成了一片沼泽地，我的人整个儿陷进去，拔不出来了。"说爸爸的眼泪落在心上，变成沼泽地，犹如诗人的灵感迸发，深情而贴切。

读刘芳的书，就像结识刘芳这个人，她会给你的生命带来鼓舞和慰藉：如果你觉得自己的生命平淡了，能从这本书里寻得深沉的哲理；如果你觉得自己的生命平庸了，能从这本书里得到独见和勇气；如果你感觉到冷落孤寂了，那么，读读这本书，它或许能给你信心和安慰。

我相信，因为具有美好情愫，刘芳注定会"流芳"。我还相信，如果你走进了刘芳的心灵，也会激起情愫的美好。她会成为你身旁一棵树，你也成为她心中的一棵树，那绿色、生意盎然的一棵棵树木终会汇成广袤的森林，你、我、我们的子孙，就都会生活在一个优美宁静的世界里。

让我们一起来阅读刘芳的文字和心灵吧。

顾久

2017年10月

自序 又见花开

我喜欢玫瑰红，红得热情美丽；我喜欢百合白，白得浪漫迷人；我喜欢海棠粉，粉得天真可爱，就如我的性格里最明亮开朗的那一面；所以我的文学作品里写花的内容很多，因为，女人如花嘛。

校园就是我生命的乐园，三尺讲台就是我"说学逗唱"的舞台，和孩子们在一起我就如同沐浴在阳光里，即使眼睛看不见，也会以微笑面对一切。我经常写小散文、小诗歌给他们看，告诉他们我的喜怒哀乐，这样就给了学生一个健康活泼的老师，给了自己一个完整健全的人格。

没有人知道走在黑暗的世界里，是一种怎样的感受。从一九九七年到二〇一七年，我用了两个十年的时间学会了接受黑暗带给我的恐惧、痛苦、绝望和忧伤，也学会了在黑暗中寻求胆量、勇气、光明和快乐，学会重新生活、学习和工作，重新回味五彩的世界。从教二十七年来，我当了十四年的班主任，十六年的语文老师，十年的心理辅导老师，疾病带给我的痛苦远不及失去这份工作带给我的痛苦，我选择了即使看不见也要坚守三尺讲台，在黑暗中为学生，也为自己点亮一盏心灯。我有用盲杖敲打路面时的孤独，也有摸索墙壁时的忐忑无助，上课、带班、参加校内外活动，独自行走在校园里，黑暗阻挡不了我的脚步，却能让我静下心来思考人生、思考农村教育，于是我便有了把近二十年的心路历程记录下来的冲动和激情。写作并不是我的强项，但是生动地讲故事却是我的爱好。

生活中因为视力不好的确有很多不便，更不用说工作中处处受困了。我会沮丧，也会难过，书本上的字迹逐渐模糊消失，孩子们天真烂漫的笑脸逐渐模糊消失，脚下的路也逐渐模糊消失了，我的天空还能湛蓝晴朗吗？我会消失吗？依靠着残存的视力和对这份工作的热爱，我上课、家访、做心理咨询小讲座、做道德讲堂，在家里也跟正常人一样努力做着一切。蓝色并不一定都代表着忧郁，有时候也说明你带着淡淡的忧伤去撑起人生的一片天空。自己心里慢慢晴朗着，就不会害怕黑暗。2014年的秋天，我积攒了足够的信心，开始创作我的小说《花开十年》，先定好书名，再写下了提纲，三个人物跳入我的脑海：刘思楠，以我自己为原型，打造了一个爱教书，在工作中不断成长、成熟的农村老师，一个得了眼病，依然想顽强活着的平凡女人，一个拥有梦想、不断抗争的眼病患者；黄小诺，另一位农村老师，心地善良，能力很强，但是有一颗不安分的心，总想着换个职业，发点小财，那样她就可以周游世界了；温箫语，一个银行职员，在很多人看来他春风得意，但是他也有自己的爱情烦恼和职场困惑，承受着婚姻带来的磨难，周旋在三个女人之间。书里贯穿了我对爱情婚姻的思考，也有对农村教育的焦虑和反思。

我在摸索中耕耘，相信每一个小小的理想总会发出绿芽。领导的信任、同事的理解和学生们的喜爱，围绕着我，不断地给我希望。搀扶有时候是身体上的，更多的时候是心灵上的。2007年我走进了心理咨询室，成为孩子们最贴心的大朋友，一个个孩子向我打开心扉，一个个成长记录袋装满了青春期的梦想和喜怒哀乐，一张张贺卡写满了他们的天真无邪和对我的美好祝福：老师，您看不见了还能教书，我们还有什么不能面对呢？老师，我们就是你的眼睛、小拐棍。老师，等我赚到钱就给您治眼睛！我是不是该把这些故事记录下来，感动自己，也感动身边的每一个人。农村中学开办心理咨询室是很少见的，我不仅办起来了，还解决了很多孩子们的心理健康问题。蓝天下，我陪伴着留守的孩子、单亲家庭的孩子、孤儿、残疾孩子和走进青春期的孩子，还有什么比心理健康更重要的事情呢？所以很多老师、家长和孩子很期待我的小说里写到他们关心的这些问题。我确实写进去了，尽量以生动的故事、激烈的矛盾冲突、幽默诙谐的语言来表达，写得我自己都笑出了声音，写得我也掉下了眼泪。我边写边流泪，我在挖我自己的心，挖那些痛得结了痂的地方，挖那些已经不疼了的麻木的地方。有两次我绝对是号啕大哭，这并不是我的一贯风格，但却是最真实的我啊！

读书明理，这是我最爱跟学生讲的话题。白色的纸张是我的最爱，可以写字、可以绘画、可以阅读。阅读永远是我排遣烦闷的最好方法，现在闻闻书香也是一种陶醉。儿子对我说，你看了一百本好书，也写一本自己的书吧。我就用我的小电脑盲打了我的农村教育题材的小说《石榴青青》，八个月十七万字；《花开十年》，四个月，二十八万字。在很多人看来这很不可思议，而在我看来，只是做了一回现实生活的搬运工，搬进了书里，扩散了想法，让更多的人关注农村、农村教育和农村的老师、学生。毕淑敏说，人生本来没有任何意义，因为你做了一些有意义的事情，生活才有了意义。对，我只是在做我力所能及的事情，并且要认真做好它们。

一台电脑，一套盲人软件，一个飘窗，一段往事……十年花开，不容易。再次回眸我的人生之路，好像又看一遍我生命之花的绽放，苦涩，微香，也很美丽。

我是谁

很少有人会静下心来思考这个问题：我究竟是一个什么样的人？因为眼睛是向外看的，耳朵是向外听的，手也是向外指的。那自己是谁？很多人总是向外求答案，大多时候在乎的是别人嘴里的自己，而且是被褒奖的自己，从而失去了剖析自己灵魂的胆量，失去了直视自己内心的勇气，陷入了对别人评价优劣的患得患失中。

我是谁，让我狠狠地剖析一次，然后告诉你一个相对真实的我——有阳光的一面，也有阴暗的一角。

貌美与我有关吗

我对自己的相貌没有信心，甚至是自卑的，源于路人的一个惊诧表情，她说："哟，谁家的孩子呀，戴着风雪帽，又黑又胖，快丑哭了！"那年我七岁；源于母亲跟邻居的对话："哎呀，我那女儿丑得没办法，脸大得像块砧板。"那年我十岁；源于老师不经意的安排："刘芳，你就走方阵，让那些长得漂亮的去打腰鼓跳舞吧。"这是小学五年的痛，痛遍每个六一儿童节；我一直相信"女大十八变"的魔咒，可是，七十二变后闺蜜定睛看了我很久，说："你长得真的丑，但是丑得自然，呵呵，自然就是美，看习惯就好了。"我在看得见的时候总纠结自己的长相，解决的方法就是画美人，"嫦娥奔月"，"天女散花"，后来笔下多了翁美玲聪明伶俐的美、林青霞清新脱俗的美，这些都深深地吸引着我，以为看多了自己就跟着美了。

等我失明之后才放下了这块心病，却有很多人对我说："你越长越好看了，真的。"我深深地理解他们是对我长相的无限同情，但是时间长了，说的人多了，就像真的了。我想有以下几个原因，一是他们想借助善意的谎言安慰我；二是积极的暗示起了应有的效果；三是相由心生，我因为可爱而美丽。

我认为，美丽分两种，一是漂亮，二是好看，此时的我懂得了内心的坦然、真诚以及优雅的言行举止表达出来的美，同时我也知道我真的变好看了，因为爱笑，整个人看上去很喜庆。

微笑是世界上最美的表情，跟相貌无关，但是跟心态相连。谁笑起来都是美丽的，尤其是一个盲人，我们的微笑会让周围的人首先感到惊诧，然后很宽慰，最后很温暖。这是我最真切的感受，感受到他们长长舒出一口气的释然与轻松。

真正让我相信这个事实的是我的学生们，他们经常说："老师，你看不见，但是你真的很美，你的雀斑也很美。"

能享受孤独也很合群

我是一个罕见的"七〇版"的独生子女，在同龄人看来我是幸运的，我自己却觉得自己是悲哀的，我悲哀地觉得我是一个形单影只的小怪物，为什么我就没有兄弟姐妹呢？怎么可以这样呢？

他们却羡慕我好吃的自己吃，好穿的自己穿，拥有自己的独立房间，得到父母全部的爱……但是，我更喜欢家里有三五个孩子的氛围，即使再不好吃的东西大家抢着吃也变得好吃了；能有哥姐的衣服可以捡，是幸运的；能把衣服剩给弟妹穿，是慷慨的；我尤其羡慕姊妹几个挤在一张大床上疯打一阵才横七竖八睡去的情形，晚上大家排队尿尿的声音就像悦耳的钢琴曲，甚至觉得爹妈骂了这个打了那个才像一个完美和谐的家……

所以，我在大家的羡慕中孤独着，在不为人知的嫉妒中寻找出路，去巴结小伙伴，只是为了有人陪我玩。从八个月的婴孩到八十岁的耄耋老人都能成为我的朋友，五岁的我对着邻居三岁的男孩子唱着自己编的童谣"谁跟我玩，谁就跟我走，谁不跟我玩，谁就变小狗"，对着一群老头老太太唱"我家的表叔数不清，没有大事不登门"，我真诚地和每一个人交往，热情地帮助他们，毫不保留地奉献我全部的智慧、图书和少得可怜的零食，迎合他们、讨好他们、包容他们、忍让他们，最后从他们那里得到了一个好口碑：这孩子性格好、脾气好，会唱会跳真有意思。

计划生育让我多了一群八〇后独生子女的朋友，我知道他们需要什么，因为那些也是我曾经的需求；我知道他们是孤独的，我教他们享受这种感觉，所以我能与他们和平相处。

其实，有人陪伴才是我们最重要的需求。

当所有的同学都在"拉帮结派"的时候，我发现我在很多"帮派"里游走，很多"帮派"都想拉我入伙，所以我是快乐的、合群的、受欢迎的，其实是因为我害怕在人前被他们看出我的孤独、鄙视我的无助、发现我的势单力薄。为了掩饰这种尴尬局面，我尽力与人为善、助人为乐，甚至见义勇为，慢慢这些习惯就成了我性格的一部分。

我失明后，这样的双重性格恰恰拯救了我的灵魂，黑暗里的人不得不接受孤独，我在黑暗中却可以享受孤独，从不惧怕独自静默。因为灯光宠坏了黑夜，黑夜变得烦躁不安，黑夜里的人们也烦躁不安，我却能在彻底的黑暗中静下心来思考，做自己想做的事情。

黑暗中的我更需要朋友的陪伴，因为我也害怕黑暗和黑暗中的无助，不得不承认，很多时候我真的是寸步难行、举步维艰。我不想做一个苟延残喘的人，更不能做一个苟且偷生的人。有了从前的好性格、好人缘，我还是幸福的。首先我尽量做好力所能及的事情，尽量不给大家添更多的麻烦。其次，在我能帮到别人的时候努力帮他们，在能力和情感上达到一种对等；让别人帮助我的时候不让自己觉得是在施舍，我依然有存在的价值。当一切都改变不了的时候，我必须改变我为人处世的态度，那就是活在人群里，才不会被抛弃。

说是这么说，健全的人不可能对我的痛苦悲哀感同身受，他们偶尔的嫌弃厌恶也是会有的，比如不想带我出去玩，不愿意读书给我听，不想帮我打文章，不愿意帮我做他们不喜欢的事情……我会很受伤，但是，这是很难避免的，我只能忍着、盼着，等他们的好心情，等他们有空搭理我。

那一刻我最怕听到的就是"你眼睛看不见了，干脆病退了吧"这类的话，那是要了我的命，是把我推向更加黑暗的深渊。人们啊，如果真的为了我好，请让我和你们永远在一起吧。

只有一类人他们不会给你这样的感觉，那就是我的学生，他们的单纯和善良永远让我感动得想哭。一拨拨的人来，又一拨拨的人走，慢慢带走我的孤独寂寞，让我的天空晴朗着。他们说，你很好，你很好玩，你教得很好，喜欢你！这就是我勇敢地留在三尺讲台上最好的理由。

爱好是我生命的支点

我的爱好很多，却没有一样是能学精的，这是我的短板。而学到皮毛就拿来炫耀，这就是我的可笑之处了。炫耀是为了掩盖我长相的丑陋和独生子女的孤独，你们有的我没有，但是我有的你们也没有，我的心理似乎就能平衡了。

小时候在家属区里我订的报纸杂志最多，所以在精神贫乏的年代我就成了小伙伴中的故事大王；我家是第一个购买录音机的"首富"，所以我会唱很多跑调的戏曲、歌剧的片段，一直是学校的文艺骨干；为了一个心怡的男生，我苦练书法绘画，没想到在日后的教学中起了很大的辅助作用；因为独处的时候比较多，我爱上了写作，写下自己的喜怒哀乐会在很大程度上缓解我的愁闷。

没想到我的爱好随着视力的不断下降，一个一个离我而去。我心如刀绞，感慨良多，最艰难的从光明走进黑暗的那十年里，我就是靠着这些爱好努力活着的，直到我不得不逐渐放弃它们。阅读，变成了听读；绘画，剩下了对色彩的模糊记忆；音乐，只能哼哼残缺的调子。五彩的生活就这样无情地随风而去，唯一能留下来的只有写作了。

收音机、MP3,它们用声音陪伴我,点亮了我的思想,存储着我的能量;人工语音、盲人软件,再苍白的朗读在我听来都是天籁之音,我与它们交流着,用我们才懂的情感,应该说是我赋予它们的情感来接受我的敲打,以呈现我有思想的文字。

我不停地写,写生活,写工作,写我所有的情绪,写我认识的人和听到的故事。人们看到了,表现不一,有欣赏的、有好奇的,甚至有嘲讽的:你写的这些我也会写,有啥了不起嘛,谁会看呀?我心里想的是,我和你的区别就是,我看不见却写了,你看到了却忘了那是风景。

我曾经做过一个公益广告"读书明理",我很喜欢,因为我把对阅读的钟爱、理解和收获传递给了我的学生们。我告诉他们,很多小说里的主人公面对困境的时候都具有一定的胆量和勇气,我学到了,希望他们也能学到。我用爱好填补了我生活的惨淡，排遣了许多疾病带来的愁苦。爱好就是我生命的支点，如果有一天这些支点消失了，我还能站着，那就说明我足够勇敢了。

伶牙俐齿和尖酸刻薄

成年以后，我变得很要强，喜欢我的人夸我伶牙俐齿，我听了心里很爽；不待见我的人恨我尖酸刻薄，我从前会为这样的评价耿耿于怀，觉得相当委屈。现在回想起来这个评价其实是很到位的，因为我的确是一个爱憎分明、疾恶如仇的人，自然在很多场合说话很不留情面。

从前，我喜欢的人，我会把他们夸得像朵花，他们所有的缺点都是可爱的装饰，人家必须跟我一起接受并且欣赏；我不喜欢的人哪怕主动帮助我、讨好我，我也会鄙夷地冷嘲热讽一番，让人家哭笑不得，人送外号小鲁迅，他们说我时常在墙脚对鄙视的人放冷箭，让他们下不了台。我曾经对着一个领导说："只有社会分工的不同，没有高低贵贱之分，不要以为你是干部就以势压人。"我对一个同事说："你总是说些黄色段子，你有没有觉得你很渴望成为这段子里的主人公啊？难道你就靠这个活着？"我还对一个我认为不称职的党员说："你能混进这个队伍，得套几层羊皮呀！"支撑我的是大部分人的赞许，觉得我说起话来针针见血，好不痛快，我却因此得罪了不少人。

在我眼睛得病之后，尤其是快要走进黑暗的那几年，我就像一个刺猬，经常竖起我的尖刺对着有意无意伤害我的人。其实我是担心被他们瞧不起，担心他们怀疑我的教学能力，担心我会被转岗或者是下岗，担心一切没有发生的事情，那是对未知的世界和假想灾难的恐惧在作祟。我委屈，我抱怨，我无助，我痛苦地认为，打败我的不是眼病，而是这些精神上的摧残。我只能用尖酸刻薄的语言来伪装自己，保护自己，就像小时候我战战兢兢地骗别人："你别想欺负我，我家有五个哥哥！"

随着时间的推移，年岁的渐长，视力的不断下降，我收敛了我的伶牙俐齿，收起了我的尖酸刻薄。换个角度一想，要感谢那些折磨我的人，是他们给了我逆境和无数的险滩，让我充满斗志；感谢那些质疑我的人，是他们让我对工作投入更大的激情和智慧；感谢那些担心我的人，是他们让我努力思考，能继续跟他们并肩前行，让我以自己的方式弥补了生理上的缺陷，给学生一个完整的老师，也给我自己一个完整的人格。

还有什么比互相尊重更让人舒心坦然的呢？

完全失明之后，我反而走出生活的阴霾，我心里豁然开朗，一切的担心都是我想多了、想偏了。人啊，善良的还是占绝大多数，少数的"坏人"总有他存在的意义和价值。

我转变了我说话的风格，大家惊喜地发现，我还是伶牙俐齿，只不过配上发自内心的感激的微笑。我变得更加诙谐幽默、风趣可爱了。我自己也觉得大受其益，朋友更多了，想伤害我的人远远避开了，我不喜欢的人也被我看到他们可亲可爱的一面了。

最受益的还是我的学生们，他们经常夸我："老师，你上课真有意思，笑话多、故事多，每节课的笑声也多。"

最包容我的永远是我的孩子们，他们没有嫌弃一个看不见的老师，我为什么要嫌弃自己？怨恨那些并不存在的罪恶呢？是他们教会了我重新寻找生活的态度。

化解情感危机

我并没有你们想得那么坚强，我只是以自己的方式活着，也为别人活着。

在我失明之前，父母以我为荣，他们说一个乖巧孝顺的我顶别人家几个孩子。失明之后，他们的天塌了，长长的叹息声经常刺痛我柔软的心。我不说我的病情，不说我的苦痛，我努力微笑，唱着歌儿进门，假装看不见他们愁苦的脸，假装自己很勇敢、很能干。可是，我会摔倒、会受伤，会站在原地不知所措……后来父亲突然离世，让我的天也塌了半边，母亲的哭泣和叹息能把我的心撕裂成碎片，但我告诉自己不能跟着哭。

丈夫也没有我想得那么坚强，当我想靠在他的肩膀上休息一会儿的时候，他选择了逃避。如果争吵是为了更好地解决家庭矛盾，那么沉默是要表达什么呢？我说得最多的是："我成全你，君子有成人之美，让我做个好女人吧。"他沉默了几年后才对我说，我是不会离开这个家的，我不能，等我赚到钱就回来。

两地分居给了我足够的自由，我有空做比思念、争吵和埋怨更重要的事情：上班、带孩子、写书、做家务，去旅游。

我的家一直存在着，与其说是我在坚守和忍让，还不如说我有个可爱的儿子，是他给了我足够的信心和勇气活出自己！我有责任和义务为他保存这个家的完整，我也有义务做好我自己,言传身教地告诉他,有的苦难是说出来、想出来的,其实并没有那么严重。我跳舞、他唱歌,我朗诵、他吹葫芦丝,我听小说、他写作业,我们快乐得没有空闲去郁闷和忧愁。

我只做我能做到的,我看不见别人的表情,但是大家看得到我的行动,这就够了。

如今,母亲还健康着,丈夫给了一家人新的希望,儿子读大学去了,我们各得其所,也乐在其中!以上是我展现在众人面前的样子,也是我能力范围内所生活的样子,遇到过不去的坎儿的时候,我会找一个没有人的地方号啕大哭一场,哭得肝肠寸断、地动山摇。哭过就好了,然后问自己:"你还好吧?"再自己回答一声:"还好,走,干活去!"

苦难说

眼泪浸泡的苦难

生一堆繁茂的牢骚叶子

开一朵委屈的花

结一个难过的果

装满了随时想抱怨的种子

见人就送一颗
借着风一路蔓延
走一路发一片新的苦难的芽

泪水冲刷过的苦难
像座倔强的石崖
冷峻的脸
冷静地等着
迎面溅起一串咸咸的浪花
苦难被打磨掉了棱角
削平了曾经的高大
左看右看
也就没了预期的担忧害怕

世人啊
看得见的苦难不叫苦难
跨过它
装得下的苦难也不叫苦难
包容它
留下的是珍珠

冲走的是细砂
苦难说
我永远是生活必需的点缀
不要借着眼泪
把我虚伪地放大

　　这是我对苦难的一个浅薄的想法，有些事情想明白一点，放下一些就好了。
　　其实还有跟亲人一样的同事们，他们做了我的眼睛，忘却了我的残缺。我呢，努力融入这个团队，力所能及地去帮助他们。
　　这就是我，坚强也懦弱，仗义也狭隘，诚恳也虚荣，单纯也幼稚……

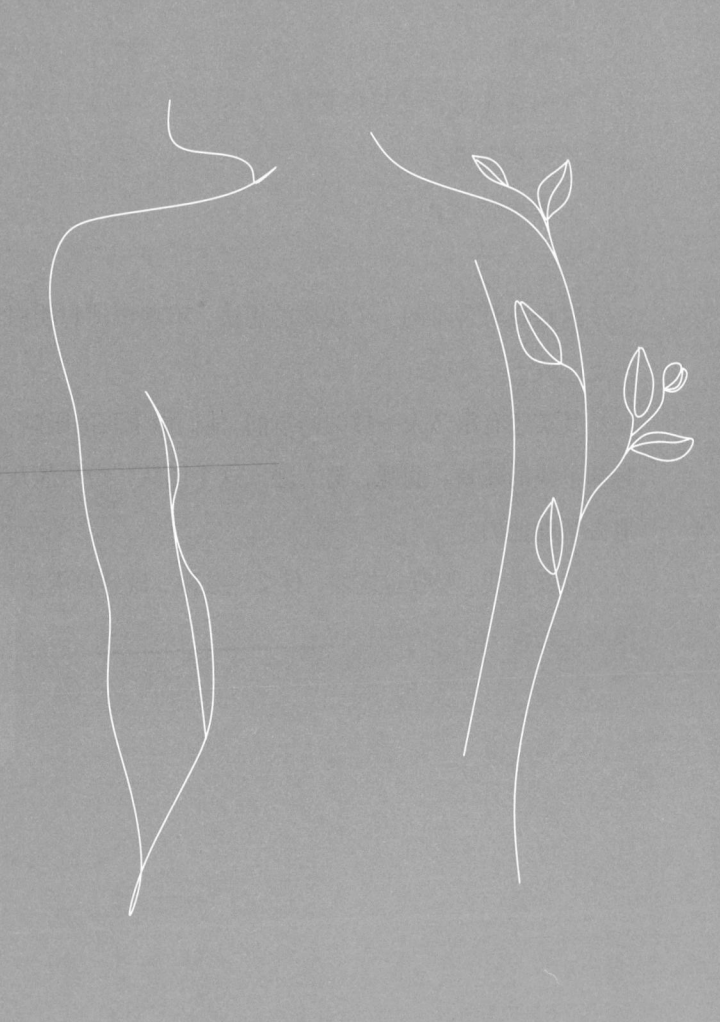

有人问我
还记得天空的颜色吗
我说记得
深深浅浅的蓝
或明或暗的白
鸟儿的翅膀掠起金色的浪花
那是勇敢者高远的誓词
它激荡了白云柔弱的心
湿润了我仰望苍穹的眼睛

蝶翅随风想

很想找一个人聊聊,不一定要迎合我,也不要反驳我,更不要抢了我的话头、打断我,就是静静地听着,悄悄地笑着,一切刚刚好。

一月,我想待在云南,在万里晴空里等一朵云,可能是白色的、粉色的、橙色的、紫色的。亚热带少雨季节里很少有人在意的小小惊喜,我想那一定是玉龙雪山飘来的爱情,我从小就相信这样的神话和传说,那多好,让一朵云温暖寒冷的冬季,满足你对爱情所有的想象。

二月,期待这么一个黄昏,一家人围着火炉,说着各自的小时候,有的故事熟悉到一个人说上句,其余的人就接下句,连说带比画,然后大家又重新笑一遍。小火锅上来了,热气腾腾的红油翻滚着,我就专门挑白色的圆盖短柄的蘑菇吃,我觉得那是最接地气的食材,它带着土味儿,模样就像童话里朴素的家。

三月，我说我喜欢开学季，总有人不以为然，桃花还没有红呢，油菜花还没有黄呢，说好了春暖花开，怎么还春寒料峭呢！我想说的是，怎么就没有看到每个兴冲冲来读书的孩子如粉红桃花的脸呀？喊一声老师好，你就站在春天里了，感谢这些让你青春永驻的孩子们吧，桃花年年有，青春几时回？

四月，想想生命中喜欢过我的和我喜欢过的人，没有一个像传说中徐志摩般浪漫，所以我的人间四月没有情话，只是在这个季节里，出门之前把那厚的薄的灰的蓝的衣服来回倒腾，总怕搭配得不合适，就像要去见一个倾慕已久的人。明明是天气作怪，却非得想成是心情使然。所以，四月一定要为自己写一首情诗，假装还深爱着一个人，这种矫情是为了迎合自己，不为别的。

五月，选一个雨后天晴的日子，穿一件翠绿色的衣裙，去摘杨梅。顺着枝叶摸到一个圆润饱满的果实，一定是深沉的梅红色，放进嘴里一抿，就甜到了心里，流进了血液中。晚上和一群认识的不认识的人围成一桌，吃着臭豆腐、折耳根、老腊肉和阴辣椒，天南地北地侃大山，米酒劲儿上来了就大声抛个山歌小调的高音。我不想把杨梅带回去隔天再吃，没有了心境，没有了喜悦，也就没有了滋味。

六月,想去附近的青岩古镇坐上一会儿,请不要跟我描述你看到了什么,让我自己听南来北往的声音,嗅酸甜苦辣的味道,想古往今来的人物,也许啥也不想,就木木地发着呆,好像在陪伴一个老者,陪着一棵古树,陪一片寺庙的破瓦,陪他们懒懒地晒着太阳。

七月,带我回一趟湖北乡下吧,热死也要吃一回正宗的锅巴粥,柴火在灶台下噼里啪啦,火焰映红了大表姐淌汗的脸,米汤在锅里咝咝作响,糊香弥漫到每一个房间,那就是故乡久违的味道。如果可以,请让我感觉到父亲就坐在我的对面,他的面前也有这么一碗锅巴粥。用筷子搅了搅,只需喝一口,我的眼泪就会涌出来,蔓延在我苦涩的乡愁里。

八月,一定要接受一家电台的邀请,穿一身白底绣蓝花的旗袍,做一期访谈节目,想说的话题很多,但是都逃不过一个情字,亲情、爱情、友情和恩情。我想会不会有人调台的手突然停下来,黯然神伤;会不会有一个的哥打着双闪将车停在路边,把脸埋在方向盘上想他的娘亲;会不会有一个和我一样的盲人,听着听着就笑出了声音。晚上去一个路边摊吃烤羊肉,让孜然和辣椒末沾在我的唇边，辣得我涕泪横流，喝一大口雪碧，畅快到无与伦比，没有人知道在两个场景里是同一个人。

九月，带我去一个远一点的城市，扎一个带宝蓝色蝴蝶结的马尾辫，踩一双六厘米的高跟鞋，听一场不管是谁的演唱会，会不会唱都跟着哼哼，大声地尖叫；然后走在夜色苍茫中，吹着口哨，踮着脚尖在原地打个转儿，觉得自己还挺年轻的，我只想释放一下情绪，也许你看到的是我绽放的青春里最后一季花朵。

十月，明媚的阳光里，请允许我独自漫步江边，或者是湖边，再或者是大海边。岸，短得像每个人的生命；水，却长得流过每一个人的生命。星空下，和女人聊聊生活的琐碎，和男人谈谈天地的广阔。你看见的是水面，我听到的却是涛声。

十一月，该静下心来好好看几本别人推荐的书了，然后拟一个计划，开始新一轮的笔耕。路过我的人都要问一句，你会把我写进你的书里吗？我说会的，如果你和我一样认为生活本身远比文学丰富多彩。我还想说，其实我也想被别人写进他的书里。

十二月，我想蛰伏，像一个臃肿的蝶蛹，静静地等待。等大山苏醒；等山花烂漫；等一朵云；等一阵风；

等自己化成美丽的蝴蝶,随风起舞;等你把我做成一个生动的标本,放进你为我写的书的扉页里。每次翻开它,你都会看到我的翅膀在微微颤抖,那是我美丽的生命,在完成一个浪漫的使命。

蝶翅随风,谢谢你能聆听我的故事,我好欢喜。

被爱划过的痕迹

各种浅浅的、淡淡的爱在每个人的心里都会留下一些痕迹,我在落寞时对自己说,我也曾经爱过,青春留下了鹅黄的、粉红的、淡紫的……田野里散落的花的颜色,尘封的日记本里纸张的颜色,以及逝去青春的颜色。

我长在你必经的路上

小鱼儿第一次有牵肠挂肚的感觉是对那个有着天生好嗓子的男生,他们一起在合唱团里练声,一切显得那么舒服。有时候他会从后面调皮地拉拉她的辫梢,小鱼儿回头给他一个微笑,他就小脸一红,反而不好意思了。

小鱼儿想尽办法和他一路回家,聊点什么,但都没有成功。

那天放学有点儿晚,黄昏时满天彩霞,像火在天边燃烧着,她的心也在燃烧。

恰巧他们一起放学,可男孩子走得

太快了,才走几步就把她甩开好远,翻过那座山就不见了踪影。小鱼儿一路小跑,气喘吁吁地追着,冲上了山顶,她手搭凉棚,面色潮红,已经发育的小胸脯剧烈地起伏着,她拼命地踮着脚尖,只看见那个男孩小小的背影消失在山路的拐弯处,她失望到了极点,对着山下喊:"你知道我有多喜欢你吗?我好想长在你回家的路上啊!"声音大得把自己都吓了一跳。

少年的愁苦来得快、去得也快,这段感情不久也就慢慢地淡去了。在他常走的那条小径旁却长出了一些不知名的小果子,那滋味酸酸涩的。

我不在你的抽屉里

青涩的滋味玉子也有过。

玉子进入高中以后,特别用功,成天把头埋在草稿纸里,忙碌却不知疲倦,连有的同学长啥样都分不清。

这天她来得特别早,天下着毛毛细雨。收伞进楼道时,她听到后面紧跟着一个沉重的脚步声,她很自然地回头瞟了一眼,一个男生正在上楼,由于没有打伞,头发都被淋湿了,一缕一缕地贴在额头上。男生正好也在抬头往上看，恰巧触碰到了她的目光。玉子的心弦仿佛被谁弹拨了一下，是那张年轻而英俊的脸吧，皮肤白皙，浓眉下目光深邃而忧郁，眼睫毛很长，也被小雨淋湿了，薄薄的嘴唇抿得紧紧的，见是熟人，嘴角轻轻地上扬，给了玉子一个腼腆的微笑。同班的？！玉子想，怎么平时没注意到他呀，玉子的心开始怦怦乱跳，因为她喜欢这种长相的男生。

她开始在班上注意他，第几组第几排，有什么爱好，偏哪一科，平时同学们是怎么议论他的，只要有人提及他的名字，她心里就像做了贼似的慌乱起来。后来他们会经常在楼道上邂逅，玉子总是送他一个甜甜的微笑，男孩也笑，有时还对她点点头，他们班的男女生都是这样不讲话的，各自都在用功读书。

玉子不知道别的女孩心里在想什么，但玉子每天都在想他，他注意到我了吗？他也会像我喜欢他一样喜欢我吗？她想知道，于是她有了一个大胆的想法。有一天，下了晚自习，她让好朋友把她反锁在教室里，没有任何人知道她想做什么。她静静地坐在自己的座位上，等着夜深人静，等着月光斜斜地从窗户照进来，她心慌意乱地站起来，向那个男生的座位看过去，脸就开始烫起来。

借着月光她一步一步地向那个座位蹭过去,挨近了,她觉得这个男孩仿佛就在她面前,玉子心跳加速,心就快要从嗓子眼跳出来了,她按住胸口,深呼吸,除了她自己,教室里真的没有第二个人了,怕什么呢?她坐下来,坐在那个男孩子的座位上,把手伸进抽屉,很快,她摸到了那本草稿本,他常用的那本。如水的月光下,草稿本上的字迹还算清晰,这是一个很节省的男孩,草稿纸上有铅笔字、有红笔字,还有黑笔字。她就这样盯着草稿纸,横一排纵一排,细细地看,有数字的、有英文的。她没有放过每个字,厚厚的草稿本翻了一遍。翻完了她也就绝望了,脸不再烫,心也不再慌乱,整个人跌进了如水的月光里,冰凉凉的。

整本草稿纸里没有她玉子的名字,一个也没有,本来她以为是有的。上个礼拜,玉子回头看他时,他还对她意味深长地挤了一下眼睛呢。还有同学对玉子说,他夸她有一种古典美呢。"骗子!"玉子心里恨恨地这样想,这段悄悄萌发的感情就这样悄悄地结束了。

我想有很多女孩都会有这样痛彻心扉的感受,对异性的认知让她们好奇,每个女孩都像希腊神话里的潘多拉。

燃烧吧我的爱

凌菲在18岁时收到了一封来自远方男同学的信,信的内容无外乎是高考准备得怎么样了,心情还好吧,其他多年没见的同学都还好吧……凌菲看到这里都不觉得有什么,可最后一句却把她着实吓了一大跳:"你知道吗,我是深爱你的,祝你生日快乐,吻你……"凌菲的脸腾地一下就红了。那是课间操的时候,从那一刻起一直到下午放学,她的脸都是红通通的,也是从那一刻起,她想的就是把这封信藏在哪里才好。

她先把它夹在语文书里,可是语文书的使用频率太高,万一掉出来怎么办?她又把它夹在历史书里,可是下午有历史课,也不方便。她决定把它放在书包的底部,可书包里的书和卷子实在太多了,万一在找东西的时候带出来怎么办?放在裤兜里,老得用手摁着。那信就像一团火,烧得手心直冒汗。那就放在T恤里,才放进去,就有人问她:"你腰部怎么鼓鼓囊囊的?"她只得连忙拿本填充册挡着把它从怀里扯了出来……

终于熬到了放学回家,凌菲吃饭的时候一直没敢抬头,妈说:"凌菲,你不舒服啊?"她慌乱地回答:"没,没,我作业有点多,我写作业去了。"目光只和妈的目光接触了一秒钟。她觉得妈的眼神里有怀疑,只好故作镇定地慢慢踱进了卧室,迅速反手关上门。她又拿出那封该死的信,先把它放在抽屉的底部,用两本书压着,可又觉得不放心,上一回她妈妈就从这里找到了一本琼瑶小说,还把她骂了一顿。她又把它塞到枕芯里,但万一妈妈要拆洗它怎么办?太累了,为了这封信!最后,她决定把它放在棉絮下面,总算安心了些,这才开始写作业。

晚上睡觉的时候,那封信就在凌菲的身下,它像火炭一样烧着她的脊背。她悄悄爬起来,四处摸索,找到了爸爸的火柴盒和烟灰缸,蹲在墙脚,把这封该死的见不得人的信烧掉了,等灰烬冷却,她用手指捻了捻,它们就轻轻柔柔地碎掉了。

她有一种说不出来的解脱感,脸不再发烫,内心也不再慌乱,可是另外一种情绪又涌上了心头,是失落,还是惆怅?她心里空落落的,如果舍得的话,她为什么要费尽心机藏了它一天呢?毕竟有生以来,这是第一个对她说"爱你吻你"的人。我想青春年少时我们总是这样患得患失的吧。明明想拥有,可是又怕真的拥有;拥有了又害怕失去,那又是一种萦绕在心头久久不能平息的痛。

橘子味的爱恋

青青和他是在大学里认识的,认识他只有一个目的,就是能吃饱饭。

青青来自偏远贫困的山村,读的是体育系,经常会吃不饱饭。吃不饱饭,她就给家里写信,饿着肚子写,满纸都是因饥饿流下的眼泪,泪痕模糊了字迹,却抹不去饥饿的感觉,所以她深爱着这个能让她吃饱饭的大男生。

记得那一次,他买了许多橘子给她,下一次他再来看青青时,发现桌子上还有一个橘子,都快烂掉了。他问青青怎么不吃呢,青青笑着说我怕吃完了,就接不上了,看着桌子上的这个,就觉得我总是有橘子吃的。男生一阵心酸,冲下楼去又给她买了一大堆橘子,以后她每天都有水果吃了。

爱情就这样酸酸甜甜地进行着。于是,她更加珍惜生活、学习,还有她来之不易的爱情。

后来青青当了老师,也很爱她的学生,特别是家庭和她一样困难的学生,生活和她一样无助的学生。那天下着蒙蒙细雨,一个学生病了,她去看那个学生,男生请了假,用摩托车去送她,很晚他们才回来。看天还下着蒙蒙的细雨,男生说:"你戴着安全帽吧。"说完就把帽子扣在了她的头上,幸福的感觉在青青心里洋溢开去。可是幸与不幸转换得太快了,在行进中,发生了车祸,卡车把男生撞出去几十米,当场死亡。青青却安然无恙,她对这个突如其来的打击反应不过来,很久很久。她觉得他还活着,只是没空来看她,那酸酸甜甜爱的感觉却在她生命中一点一点淡去,直至现在。

"可我对幸福的要求并不是很多呀,为什么老天爷对我如此吝啬！"没有人能够回答这个问题。

每一个人在生命中，尤其是在青春年少时，都有被爱划过的痕迹，深深浅浅的。有我的，也有他的。那就不要为青春逝去而惆怅，爱的天空无论是晴朗的还是阴郁的，我们都应该珍惜，甚至应该铭刻在心。

爱来过，就会有痕迹。

又见初恋

中午就开始等着,约好下午见,他说定不准什么时间能到。

我换了一件墨绿色中袖长裙,没有刻意装扮,只记得每次穿上这件裙子大家都说好看。

有没有想用颜色的深沉和款式的简洁来掩饰什么,不好说,可能有那么一点想法。

心里没有小鹿乱撞的感觉,多少年都没有了,想象着碰撞一下吧,也想得不真切,算了。

我随便用蓝色的蝴蝶结扎了一个马尾辫,捡起了两根掉下来的头发,居然不是白发,不知道是应该高兴,还是感伤。

那就安静地做一个女主人吧,安静地等一位远方来客。

洗好了茶壶,又去洗了两个带托盘的茶杯,放好茶叶，水就烧好了。

茶泡上了，茶壶开始有了温度，茶叶的清香若有若无地弥散在空气里。

现在是一个茶壶和两个茶杯陪我一起等，心就踏实了许多。

这一套茶具很久没有用过了，积了一层灰尘，平日里它们只是一个摆设，今天拿出来用，怎么有一点愧疚之情呢？对不起，不是忘记了你们的存在，是没有人让我想起你们待客的妙处。

正想着呢，人就到了门口，他还记得我的住址，很容易就找到了。

没有意外，也没有惊喜，没有低头红脸搓衣角的羞涩，也没有语无伦次地惊慌失措。

就像经常来的熟人，微笑地打着招呼，淡淡地寒暄，他的声音熟悉又陌生，仿佛来自二十多年前，又像是昨天黄昏残存的耳语。

坐定了，选择了一个最适合倾听的角度。

从"最近还好吧，时间好快"开始，到"时间好快，我得走了"结束，若不是看了时间，不知不觉已经过了三个小时，好像我们只在一起待了片刻似的。

自然，轻松，愉悦，其间还有几次开怀大笑，像两个天真的孩子。

说了很多的话，但是才结束就记不得多少了。

只剩下只言片语反复把我的心弦拨动，等他走了很远，那温暖的弦还在微微颤抖。

当年那么多女生喜欢你，你怎么就看到我了呢？

一见到你我就投降了呗，不为什么，也说不清楚为什么。

我转学到你们班之前你喜欢过别人吗？

你来之前的记忆被删除了，都没有了。

读大学的时候你来看我，好像比现在害羞？

是，就是因为我不够勇敢，才错过了一切。

我们有过爱情吗，连手都没有牵过……

他的电话就响了起来，女儿打来的："爸爸，你什么时候回来，我回来的时候你能在家吗？"他瞬间回到了另外那个更现实的时空，声音温和，充满了慈爱："明天才能回来，你自己安排好，水是热的，可以洗澡。"

我妈妈这时候也好奇地过来问了他一些问题，谈话被中断，我们再一次回到眼前的现实，四目相对，聊天勉强继续。

加了微信之后，我们反而没有联系过，你是不想跟我说话呢，还是不知道说什么好？

肯定是不知道怎么跟你说，我不会表达情感，一直是这样的。

这么多年，你想起过我没有？

从来就没有忘记。

他深深地叹了一口气，我的心就被刺痛了，好像是来自二十多年前的叹息。

感觉你现在过得很幸福呢！

是的，我老婆是个很好的女人，单纯，勤劳。她说，等我们老了，带着你一起过日子，她说你也是个好人，很喜欢你。

这样的善良居然击垮了我的自私和狭隘，我们笑了。

我们举起茶杯，轻轻碰了一下，好的，我说，八十

岁的时候让我们在一起吧,一起抱团养老!

一切的美好停在了二十多年以前,今天看到的美好,只是那时折射的余光,握手有余温,拥抱有距离,一切刚刚好。

他一离开,我就开始想他了,发乎情,止乎礼。

他一转身,心就痛了,后来他说,看到我现在的样子,觉得相见不如怀念了。

如果你也有初恋,若干年以后,你见,还是不见呢?

蝉翼随心

一个女孩请我帮她起一个新的网名,她的要求是无人雷同,还有那么一点儿意境美。在这凉爽的夏夜,我脱口而出,就叫"蝉翼随心"吧。她问这个名字是怎么想出来的,思绪又把我牵回湖北的乡下,和那炎热无比的夏天。

早晨七点钟,就有第一只蝉开始鸣叫,接着是成百上千的蝉一起叫,声音大得真的能把你从梦中叫醒,它们好像都在扯着嗓子喊"早啊""早啊"。但它们也早不过下地的农人,农民们早已抬着一大碗绿豆粥,对着扯天扯地狂叫的蝉说:"今天又要热死人了。"

蝉鸣是一阵一阵的,是此起彼伏的,间隔之后,它们的歌声更加响亮而热闹。也许很多人认为它们是嫌热,热得难受才这样叫,但我却听出了爱情,对爱的坚守及执着,因为它等这一刻的鸣叫等了十七年，而且它们多在黑暗的地底下，在黑暗中默默地数着年月，数着时刻，数着那一份炽热而短暂的爱恋。每次想到它们需要十七年的等待，我都会惊叹不已，啧啧连声，人世间许多浅薄的爱情怎能与之相提并论呢？因为人世间的爱情多是希望爱过之后得到什么，如同投资经营，必须有丰厚的利润；而蝉不是，它们憧憬了、它们守望了、它们忍耐了。十七年以后，在树枝上，在浓密的绿叶的衬托下，绽放一朵炫目的爱情花朵，怎不令人唏嘘慨叹？蝉的翅膀轻柔、剔透，每个纹路清晰可见，书写的都是思念与牵挂，它们还会蜕下一个金黄的、透明的壳，也是那样轻柔、完美，诠释的是一段短暂的生命。柔弱的身体对同样短暂而柔弱的爱情的真实追求，在世间留下一个阳光下绝美的爱情故事。蝉蜕常被人作为药引子，放在中药里，医治这样那样的病痛，但我想，它最能医治的应该是那剪不断理还乱的相思病吧。

　　微风过处，蝉翼随风轻轻颤抖，我的心弦也被它轻轻拨动，似乎又听到了蝉在炎热的午后大声地喊着"找啊""找啊"，找什么呢？找浪漫的爱情吗？我也在找吗？我也在爱吗？我又能爱多久？

电话这头我如同自言自语般诉说着,电话那头的女孩听得很安静,似乎陷入了沉思,末了,她轻轻地说:"这个名字是网络里唯一的。"我又回到了现实中,但是那个有蝉鸣的夏天真的让人难忘,还有那个夏天里我对爱情的思考。我们可以用很长的生命去追求爱情,去享受爱情,去珍惜爱情,我们应该很知足。

是你温暖了岁月

夜深人静的时候,情感的小船总会起锚,驶向思念的彼岸。

有几个反复出现的记忆中的画面总会浮现在梦境的边缘,在那些春寒料峭的时节、在这些潮湿阴冷的冬夜温暖着我。

第一个情景是父亲自己做钓鱼竿。

初夏的早晨,应该是周末,父亲沏一壶茶,抬一个小板凳坐在金银花的篱笆下,一根几米长的竹竿,握在手里,点一支蜡烛,把每一个竹节都放在火焰上慢慢烤,削一削,掰一掰,顺一顺。父亲眯缝着眼睛,把竹竿抬平,目光从手里往竹尖儿那里瞄准,竹竿尖儿颤巍巍的,很是顽皮,逗得父亲满眼的笑意。

其间有蝴蝶、蜜蜂和苍蝇来捣乱,但是那让画面更丰富完美了。

父亲就这样左比比、右扭扭，上线挂钩，整个上午就只做这一件事，他握着笔直的鱼竿，假装几个钓鱼的动作，一脑门儿的汗水，满心的惬意。

我问过他钓鱼的乐趣在哪里，他抿了一口茶，无比向往地说，空气好，心里静，等待的过程和鱼上钩的惊喜都让人开心，什么都可以想，什么都可以不想，身心投入的人才懂得其中妙处，旁观就没有意思了。

看着他晒黑的脸庞和眼睛里闪动的光亮，我和他一样欢喜起来。

第二个情景是母亲绣花。

母亲是个风风火火的家庭主妇，除了睡觉，一刻也不愿停歇，逛街、买菜、做家务、站在路边与人闲聊，快乐着别人家的快乐，忧伤着别人家的忧伤，张家长李家短地操着别人家的闲心。我们都不太喜欢她的这个样子，但是她的古道热肠让她人缘很好，我们也就随她乐在其中了。

直到有一天她被一个十字绣的老板说服之后，生活发生了很大的改变，阳台的阴凉处，一张靠背椅，旁边凳子上摆一个老旧的笸箩，里面整齐摆放着各色编号的彩线，她戴着老花镜，手里捏着一块白布，左一针、右一针，上一针、下一针，手边真的就鸟语花香起来了。旁边的一棵桂花树在微风中摇曳，弥漫的香味与这情景应和着，母亲那一阵子很开心。

我们惊诧她也有这般温婉贤淑的模样，不禁大加赞赏，她的劲头更足了。于是我们家所有的墙上都挂满了她的绣品。

现在母亲老了，眼花了，有时候也停下来看看自己绣的花，不敢相信那是她的杰作。记得那年小外孙住校读书，她想他了，才静下心来做这样的斯文事，全是为了转移情感。

原来思念是一种病，绣花就是一剂良药。

第三个情景是老公捉贼。

刚结婚那会儿住的是砖瓦平房，经常闹贼。有一天晚上贼人又来了，抠开窗户，拉开窗帘，用手电筒悄悄瞅我们。我胆战心惊地喊醒了老公，他翻身跃起，从床底下抽出一把藏刀，打开家门就冲了出去，凌晨四点的小巷子里，一个光着膀子，只穿了一条红短裤，穿着拖鞋的青年男子，拿着一把大刀，嘴里"嗷……嗷……嗷嗷"地狂叫着，寻找毛贼，那场面是很惊心动魄的吧！

过了好一会儿，他回来说，贼跑得没有影儿啦，追到马路上，遇到几个早起的路人，倒把他当了贼人，吓得转身就跑了。

我问他哪里来的胆量，他说，好不容易建起来的小家，财产本来就不多，贼还天天惦记着，想想就来气。再说，保护你和这个家就是我的职责呀，所以要坚决捍卫。我说，你跑出去的时候，家门大开着，我还在屋里吓得发抖，你就不怕贼人杀个回马枪，把我掳去当了压寨夫人？他大笑，哈哈，我把你忘了！

那个时候很多年轻人结婚是不会瞧得上老平房的，但是我愿意，我坚信有爱的天地不惧风雨，即使后来的柴米油盐浸泡了我们的爱情，你也学会了用酸甜苦辣去调剂你的日子，用所有的美好去原谅如影随形的不快。

第四个情景是陪儿子写作业。

他那时候五六岁模样，在台灯下奋笔疾书，小小的身体，小小的手掌，认真投入的表情，总能让我满心欢喜。

写着写着他就会抬头看我一眼，灿烂一笑，眼睛闪着光亮，唇红齿白的，然后对我说："妈妈，你能多等我一会儿吗,我写完作业就来陪你玩,妈妈乖!"原来他是这么想的,我想的正好相反。

我赶紧很配合地转身,跑进书房,抱了围棋又回来坐在他的旁边,耐心地等着,我那天才知道,原来陪伴我是他心里的责任,原来我才是他甜蜜的负担!

后来我打扫卫生的时候等他,跳健身操的时候等他,写小说的时候等他,做饭的时候等他,等他喊我:"妈妈,我的作业写完了,我来陪你玩!"

陪伴才是最长情的告白,也是最直接的爱。

这些画面温暖着一个人的岁月,在我孤单寂寞的时候,我生命中重要的人,在万家灯火里给我留住一个可爱的角落,我就不感到孤单害怕了。

老李的哲学

老李是我二姐夫,住在昆明。

他搬新房子的时候,昆明遭遇了一场十年未遇的大雪,小区里的好多亚热带树木都冻死了,美化城市的花草也经不起这样突如其来的寒冷,死去了一小半。

老李家的花草也因为没有及时搬进室内惨遭噩运,都委顿在那里了。他也失去了马上把花盆搬进新家的冲动,反正都死了,再说吧,空花盆啥子时候搬都可以。

那天老李回老房子拿点东西,不经意间看到了大花盆里的一丁点儿红色,他定睛一看,一朵小花认真地开着,像一个含羞女孩子的微笑,那是花朵才有的微笑。老李的心软了一下,感动了,它一定是担心我抛下它,才这么努力地开了一朵,一直等我的到来,我要把它带回去!他小心翼翼地搬回了那盆花,放在阳光灿烂的院子里。

我要善待它,老李说,因为它为我开了这朵小花。

在那个春天,花开了满满一盆,一样的红色花朵,一样的羞涩微笑。

老李的邻居老王一早就围着房前屋后,绕着小区围墙找他家出逃的公鸡。我坐在花篱笆那里正晒着太阳,他过来过去都要问我一句:"看见我家鸡没有?"看样子很焦急,我这个好事者马上就激动起来,拉了老李要去帮他找鸡。

老李笑了笑,不置可否。

到了黄昏散步的时候,我又动员老李去院子外面找找。老王一天都在院子里瞎逛荡也没有个蛛丝马迹,还累得半死,那公鸡一定是躲到院子外面去了。"鸡的胆子很小的,"我说,"跑不了多远。"老李终于为此开口说话了:"就你聪明!你想想,一只鸡,跑了,为了什么,不就是为了活命吗?这叫有勇气,它不容易啊!我要是老王,就不找了,那叫放生,多好的事情啊。你还要帮他找,找回来就等于送它的命,明天就是大年三十,谁家不在杀鸡宰鸭?我要是那鸡,我也跑!"

我顿悟。

第二天一大早,我们就看到了欢天喜地的老王,他家的公鸡很晚的时候居然自己跑了回来，然后他连夜把它杀了，免去了后患。

我看着老李，他又笑了："那公鸡记情，老王养了它两天。"

我觉得老王的情商没有公鸡的高，心地没有老李的仁慈。

院子里的海棠花结了好多花骨朵儿，有一天老李看见其中绽开了一朵，粉粉的，他马上告诉了我，"真像你呀，"他说，"见着人都是一张笑脸，阳光般灿烂。"

经历了一个个生命的寒冬，我只有微笑才有勇气走进春天。老李还挺懂我，他这个比方我喜欢。

小区里很多人家养狗，有的甚至养了两三只，我说老李你也养一只吧，看你也是喜欢的。他摇摇头说，不养，狗太通人性。

正因为通人性才要养啊，我说。

老李说，对呀，你只会把它当一只狗来养，不会当一个人来对待，是吧？有时候可能会因为这样那样的原因忽视它的感受，厌恶它的存在，可能还会遗弃它，转送他人，将来它会老会死，肯定会让人难过很久，我做不到对它好，所以我不养。

好吧老李,这也是对生命的一种尊重,我赞同你的观点。

谈到我的眼睛,大家不免伤感,我开玩笑说,像我这样一个没有用处的人,死不足惜。

老李就收了微笑,正色道:"那些该死的人都想方设法活着,你一个好好的人更应该好好地活着。眼睛不好是个事,别拿生死吓唬人,说些不该说的话,这就讨打了。"

我心里一暖,来,干杯!我举起了红酒。

老李连忙举杯碰了一下:"这就对了,我们是酒友!有小酒喝着,品品这美好的滋味,多好。"

老李给了我一个生活的态度。

何必把什么事情都想得那么清楚呢?有时候糊涂一点挺好。

最近的新闻中谈到,要把小区的院墙拆掉,这样会多出很多的街道来,我喜忧参半。

老李家的院墙是别墅小区里统一的那种带栏杆的欧式砖墙,从外面看很雅致,但是高高的院墙把邻居隔开了,把墙外的花草树木隔开了,也把世界隔开了。

老李出身农民,他不愿意,就和二姐偷偷摸摸把院

墙拆掉了,院子里的竹林做了天然的绿色屏障,微风进来了,花香进来了,连高大乔木的落叶也进来了,院子里的小鸡小猫可以自由出入了。

来来往往的邻居们跟他打着招呼,谈着农事,交换着瓜秧和花籽,好一片祥和。

物管终于过来询问了,院墙呢,老李?答曰,我把它放矮了,跟土地一样齐整了!问曰,你家不怕强盗呀?答曰,隔壁那两栋把院墙砌高了一米,还养了两条昆明犬,不是一样被盗了?现在我们看得见外面,外面能看得见里面,小偷还不方便下手了呢。

老李是个飞行员,我觉得他是嫌目光起飞的跑道不够长吧,看惯了海阔天空,哪里能让矮墙阻碍了他的思绪呢?

老李的想法应和了政策。

于是,风景这边独好。

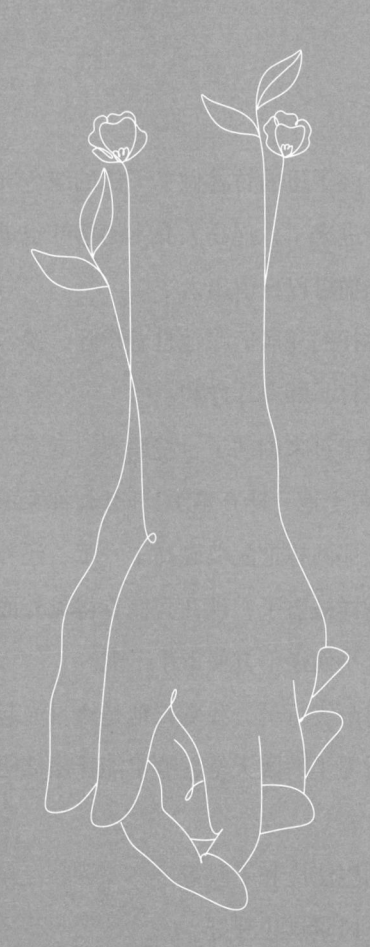

有人问我
还记得那些山川湖泊的模样吗
我说记得
山都有着坚毅的下颌
水都有着迷人的眼波
弯弯曲曲是人生必经的路
高高低低是生命必备的坡
起起伏伏是那首唱也唱不完的老情歌

外婆的大围裙

回故乡大多是在冬天,赶回去过年,赶回去看我的外婆。年复一年,虽然没有觉得她有多大变化,但她老人家的年龄却悄悄地累积到了93岁,于是离别之后用来惦记她的时间就拉长了。都93了,好让人惊羡的年龄,更让我惊讶的是她健康的身体和她良好的心态。

现在想想她长寿的秘诀就藏在她的大围裙里。

外婆一生辛劳,年轻时,外公在外地办私塾,她一个人在家耕种劳作,还要抚养六个儿女,按她的话说,一天到晚腰板就没有挺直过,围裙就没有脱下来过。

乡下用水不方便,她70岁还要挑两个大水桶去江边打水。她爱干净,绝不会像乡下懒婆娘那样在离家不远的池塘里挑有浮萍的脏水,所以当年乡下许多人得血吸虫病的时候,她的儿女都健健康康、平平安安的。她一生的勤劳也影响了她所有的儿孙,他们无论是读书还是外出谋生都很用心,用自己勤劳的双手创造着生活,改变了命运。

现在,外婆住在小舅家,一日三餐她都要先围上围裙下厨房做一些力所能及的准备工作,淘淘米、洗洗菜、擦擦灶台,给孩子们减轻了不少负担。一年四季的衣服她都是自己浆洗,尤其是夏天的衣服,一定要先用清水浸泡,然后用肥皂搓洗,再用温热水去汗味,最后用清水漂一遍。她晒出来的衣服白是白、青是青、红是红、粉是粉,干干净净,清清爽爽。如果有人路过她门前,对她说:"老太太,就等伢儿们给你洗吧。"她会微笑着答:"现在就要他们照顾,那以后怎么办?"乡里人总羡慕:"老太太,你的伢儿们享你的福啊!"

外婆爱干净,爱漂亮,90岁那年我表弟给她买了一件大红色的唐装,把她打扮得像朵花一样,大家簇拥着她照了全家福,那段时间她心情好得不得了。

夏天里,她最喜欢穿儿孙们给她买回去的衣服,有白底起小粉色花的,有粉红色起小蓝花的,整个夏天穿得比别的老太太都好看。乡里人说:"老太太,你穿这么漂亮,怕是要活两百岁哦。"她总是抿嘴笑笑:"托新社会的福!真要活到那一天,我就成妖怪了!"

她总是不会停下手里的家务活，也总不忘围上她那条大围裙，怕弄脏了那些好看的衣服。到了逢年过节，围裙就有了别的作用。围裙上那两个大大的荷包，里面装了许多小孩子爱吃的零食，有花生、西瓜籽、黑芝麻糖条，还有那种爱掉糖渣的金果儿。她一边在灶台里烧火帮厨，一边把孙辈一个个地叫到跟前，从大荷包里抓一把糖果塞给他们，还不忘加上一句："我的乖细伢儿，我是最疼你的！"于是，每个孩子出来都欢天喜地的："老太太最疼我了！"她的大围裙就是孩子们甜蜜的向往，尤其是在那永远都填不饱肚子的岁月里。现在日子好过了，逢年过节，八仙桌上摆满了好饭好菜，但她的大围裙里仍旧有好吃的，她习惯了把她的疼爱装在那里面，又一把一把地递给第三代、第四代甚至是将来的第五代伢儿们。

　　外婆宽厚仁慈，从来没有被困难打倒过，近一个世纪的生活，她经历了多少人生的苦难与变故，却从没有犯过愁，那是因为她觉得一切的苦难都会过去。据说她嫁给外公是父母之命，媒妁之言。外公个子很矮，又是个驼背，相貌怪异，外婆至今都没有埋怨过这些，因为有让她欣慰的一面，外公是个读书人，自己在家里开私塾，有时也在外地与人合办学堂，虽然干不得体力活，但是可以为家里赚一些柴米油盐钱。外婆也被乡里人尊称为"先生娘子"，外婆从来不与人争吵，乡里的男人对自己的婆娘看不顺眼时，都说："你怎么不学学人家'先生娘子'那么和气，那么忍得。"但不幸的是外公走得早，外婆只得一个人承担一切苦难。她性格温和，很少因生活的不幸打骂孩子，像别的那些守寡的女人那样四处抱怨，或者像受了委屈的小媳妇那样哭天抢地地去投江寻死。她总是默默地干着屋里屋外的活儿，教会了她的孩子们这就是生活。

外婆长年累月睡硬板床，木板上只垫一层薄薄的棉絮，她却睡得踏实、安稳，她的儿女也都和她一样，喜欢睡这样的床。而在我看来，这就像睡在鹅卵石上一样让人难受，她却笑着说那是在练筋骨皮，怪不得她身板一直硬朗，耳不聋、眼不花，腰不弯、背不驼，可能就是练出来的吧。

寒冷的冬天里，外婆偶尔闲暇时也烤烤火，她坐在一张斑驳的老式木椅里，头发整整齐齐地向后拢着，大围裙下是一个老式的陶土烘笼儿，她把手捂在烘笼上，伢们就围在她身边，听她讲故事，说笑话，或者是静静地看她打瞌睡；冷了也把小手伸进她的大围裙，里面暖烘烘的，她就抓了他们的手捂在烘笼上。过一会儿，她会用一个小棍拨弄烘笼里的草灰，一阵馋人的香味飘散出来，那里埋着烤熟的花生，就这样烫烫的分给围在她身边的伢们吃，一人只有几颗，还不够喂大家嘴里的馋虫。她总是喜欢这样在我们面前变戏法，冬天里围着她就等于围着温暖、围着安详、围着一个家。

她爱说着古往今来的故事，也评价张家长李家短，但我们从她的话语间听出来的都是人要勤劳，要本分，要坦然，要真诚。当她的儿女们都住上了新房子，房前屋后悬瓜结果，她就十分满足。满足的同时，她也没有放下劳作，也要为这美满的生活添加点什么。看见一个本家一直住着土墙、茅顶的房子，她就和孩子们合计翻了两间砖瓦房，不求回报，只求安心。她常说："都是一个藤上的瓜，何必要斤斤计较呢？"她讲这话的时候，我们觉得她就是一根老藤，而我们就是她藤上的瓜。

今年夏天，这个老藤就看到了我这个眼睛不太好的瓜，许多亲戚都痛心地流下了泪，她也抹过两回泪，但都是背着我的，见着我时她总是柔和地牵了我的手，笑眯眯地说："回来就好！回来就好！"然后招呼家人拣我最爱吃的饭菜去做。她问我最想吃家乡的什么。我说："最想吃十多年没吃过的煳锅巴粥。"她咧开没牙的嘴，笑着对大表姐说："那还不简单，你去做给她吃，顿顿做，别的没有，煳锅巴粥'少宝'！"在家乡的一个多月，我真的是顿顿都吃到了煳香四溢的锅巴粥。我后来才知道，要吃这样的米饭，是需要在灶里烧柴火的，很麻烦。我感动得想哭，外婆却说："好伢儿，莫哭，从前你的眼睛亮得像小灯笼一样呢！回来了就喝长江里的水，吃长江里的鱼虾，说不准哪天眼睛就亮起来了。"说完她很轻很轻地叹了一口气，只有我听得见。我笑着说："外婆你不用担心我的眼睛，我倒是觉得我脸长得太大了，我有点心烦。哈哈哈哈！"外婆马上着急起来，一本正经地说："大什么大，我看就挺好，女人脸大好擦粉，男人脚大踏三省！"说完，引来众人一阵大笑，笑得都忘了忧愁。

　　我走别的亲戚家的时候，她总是围着大围裙在大门口张望，对过来过往的乡里人说："她是不是嫌我老了，不愿意挨着我多住几夜啊！"看见我们回来了，她高兴得连忙把手从大围裙的荷包里抽出来，疾步迎出来，紧紧地拉住我的手，生怕我再跑了似的。当我真的要离开故乡、离开她的时候，她话不多，只轻声地反复一句："哪年才回来哟？住得这么远。"眼泪在眼眶里打转，等我们松开了紧握的手，渐渐走远了，再回头望时，看见她掀起围裙的一角擦眼泪了。

人生能有几个九十岁，多希望以后每年回去，还能见着外婆，和她那围着我幸福回忆的大围裙。还好，想起外婆时，幸福总装满我的心房，因为她还健康、硬朗地活着，就像一根老藤。

2009年她老人家仙逝了，享年94岁，走得安详平静，那夜我梦见了她和几朵盛开的白莲花。

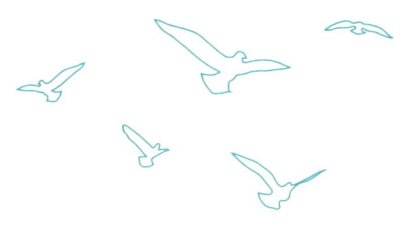

我的父亲

我和父亲的相识是三岁那年。这么说,好像以前我不认识他似的,其实是因为三岁起我才有了记忆。三岁那年我第一次出远门来贵州,第一次和父亲生活在一起,印象太深了。

他每天把我带进厂房里,抱我坐在他高大的工具箱上,等他下班,我呆呆地看大人们干活儿,总有些"面目狰狞"的人过来逗我玩,问我是谁家的孩子,我不说,他们就捏我的脸、揪我的鼻子,我不理睬他们,大家都哈哈大笑起来。我瞪大眼睛在清一色满是油渍的灰蓝色厂服里寻找爸爸,总能找到,因为在我看来,他的模样最温和,皮肤最白净,动作最好看。

多年之后,高考那天,有那么多的父母在学校门口等着他们的儿女。我独自穿过人群,知道父母并不会在里面,一抬眼,却看到父亲站在路边——一棵槐树下,还是那身灰蓝色的工作服，我一眼就认出他了。他从兜里掏出一个红艳艳的西红柿来，笑眯眯地递给我，我就笑了。我啃着西红柿，就像三岁那年一样，牵着他的手回家了。

现在，我偶尔会去职业技术学校参观学习，一走进厂房，就会闻到机器的金属味道，还有掺杂着的机油和铁锈的味道，那是记忆中父亲的味道，我就会瞬间回到童年。闭上眼睛想想，还能记住的只是父亲蹲着认真看图纸的样子，厂房里其他的情形早已模糊不清，我的眼泪一下子就涌了上来。

那次相聚可能才一两个月吧，我又回到湖北的乡下，人生有了第一次离别，我从此学会了思念，对父亲的牵肠挂肚的思念。

在天气好的日子里，我会抬一个小板凳坐在斑驳的土坯墙的老屋门口等爸爸回来接我。看着马路尽头的一个又一个小黑点向我移动，近了，大了，清楚了，却都不是父亲，而是干完农活回家的人们，男女老少，路过我，看见了，都会善意地笑笑，拍拍我的头说："这伢儿又在等他爹呢，好伤心！"我本来不伤心的，他们这么一说，我不免真的伤起心来，鼻子一酸，哭了。直到爸爸托人给我带回来鸽子蛋那么大一个透明的水晶球，我的心情才好起来，我用事实击碎了其他小伙伴笑我爸爸不要我了的谣言。我每时每刻都把它攥在手里，别人要看看时，我就往后退一步，像举着个啥稀罕物似的，说："快看，我爸爸给的！"我最喜欢看他们眼里的羡慕，听他们嘴里的啧啧之声。

好景不长，有一天它脱手了，一个劲儿往垃圾堆那里滚去，很快就没有影儿了。我扑过去，在那里翻了大半天，直到一根生锈的铁丝插进了我的左手大拇指的指甲盖，剧痛让我惨叫了起来，然后就是号啕大哭，一半是因为疼痛，一半是因为我丢了此生最心爱的宝贝。从此，我只要找不到一个重要的或者珍贵的东西时，心里都会跳出那个水晶球来。据说，我后来是打了二十针青霉素才保住了大拇指，我唯一记得的是每次医生来给我打针的时候，我就骂她"大地主"，这在当年是我认为的最狠毒的诅咒了。至今我的大拇指还留有受伤的痕迹，我从来不羞于拿出我的左手，起码有一千零一个人问过我的手怎么了，我说那是思念的印记。

五岁那年母亲再一次带我来到贵州，这一回是来定居的，我要和爸爸永远在一起了，长途的跋涉和对陌生城市的恐惧，都因为有爸爸在身边而烟消云散了。爸爸打来一盆热水，把我的双手浸在里面，有点烫，我忍着，过了一会儿，他拿起我的手轻轻地搓着，有小泥条儿掉进了水里，等洗好了手和脸，一盆水就变黑了，我害羞地对他笑笑，他也对我温和地笑笑，却没有对我说什么。

生活了一段时间，我逐渐发现父亲的话不多，在我的记忆里父亲和我语言上的交流很少，他都用行动代替了。他喜欢干活，很少看他停下来休息，于是我们的小家里开始不断添置东西，首先是我的一张小床，然后是一张写字台，再然后是很多的板凳，最后是门口搭建的窝棚和窝棚里的灶台，父亲结束了单身生活，跟其他的工人一样，有了自己的家。

又过了几年我们搬了一次家，家里所有的家具都是父亲亲手打造的，他甚至还做出了一个大大的沙发。这在当年是个头条新闻，很多同事和邻居来跟父亲学习做沙发，以至于很多人家的沙发跟我家的一模一样，连沙发上的花布都一模一样！父亲就这样成了我心里的大英雄。

周末父亲会去钓鱼，也会带我一起去，他为我准备了一个拴着尼龙绳的罐头瓶子，让我在水边捞小鱼小虾，他则坐在旁边侍弄他的钓鱼工具,弄好了一竿子潇洒地甩出去,静静地等鱼儿上钩。每一次,我们都能钓回好多的鱼,这样就可以在贫困生活的间隙改善一下伙食了。

父亲很会做鱼汤,奶白鲜香,也就是在吃鱼的时候,我看到了父亲对母亲和我的疼爱,刺最少、鱼肉最鲜嫩的鱼肚皮是母亲的,肉最厚实的鱼背是我的,他只吃不带一丁点肉的鱼头、鱼鳍和鱼尾巴,吃得咝咝作响,表情甚是欢快满足,于是我那时候总疑心那才是最好吃的部位。可是父亲在他病重的时候唠唠叨叨跟我讲过几遍,他认为最好吃的东西是湖北浠水的橘子,他说当年他十几岁,去浠水当小工,赚了几个小钱,想老母亲了,就匆匆买了几个橘子走水路往家赶。路上渴了,他就摸出一个橘子吃了,那叫一个好吃呀,他忍不住又摸出了一个吃了,想着反正还有好几个呢,后来吃着吃着迷迷糊糊睡着了,醒了又吃了一个。到家,喊一声娘,拿出包裹,说娘,我给你带了橘子,结果包袱一打开,哪里还有橘子啊,全让他吃光了!他和他娘都笑了,笑出了眼泪,他却悔恨了好几年。

父亲的单位很大,分几个厂,所以居住的地域也很广。他有几个玩得好的工友住在十几里开外的地方,有时候约了去喝酒,他就带我和母亲去。他对主人家说,找本书给我这孩子看着就可以了,她乖得很,然后我的身边就会有一堆小人书。他们喝酒聊天的时候,我似乎看到了另外一个健谈的爸爸,他们说的我不大听得懂,他们笑,我也跟着笑。吃完饭,爸爸已经是微醉了,夜路很难走,爸爸把我背在背上,伴着母亲的唠叨,深一脚浅一脚地走着,我在他背上摇摇晃晃,很快睡着了。在我的童年记忆里,这是最安稳、最舒适、最温暖的睡眠方式了。

后来,他在门口开辟了两小块地,左边种菜,右边种花,左边是他管理,右边是我负责。夏天他沏一壶茶坐在爬满藤蔓的院墙边抽烟,眯缝着眼睛满意地看着他的瓜豆茄子,还有他养的鸡和兔子;我也幸福地看着他,隔了很远我都能感觉到他沉浸在金银花的幽香里,这个场景深深地刻在我的心中。

1987年,我16岁,第一次在地方杂志《白云文艺》上发表了一首小诗,得了6元钱的稿费。我买了两包香烟送他，递到他手里的时候，他先是愣了一下，问我这是什么意思，我说自己写诗赚的。他没有说什么，只是端端正正地把那两包烟放在上衣口袋里，抬起茶壶喝了老大一口，腮帮子鼓鼓的，眼里满是笑意。我悄悄观察，那烟他足足抽了一个月才抽完。他平日里抽的烟才几毛钱一包呢，为此我激动了好久好久。可是，我要是知道最后父亲是死于肺气肿的话，我一定会买别的东西了。

但是在那时，这是我最深情的回报吧。

在那个年代，给孩子们订阅报纸杂志是件极其奢侈的事情，父亲从我读小学三年级开始就让我过上了奢侈的生活，从《少年文艺》到《优秀作文选》，从《故事会》到《大众电影》，从《文摘报》到《世界知识画报》，我就是大院里最富有的孩子。

平时他带我上街，总要问我吃不吃水果，我都吞着口水说不吃，他就笑笑，走到水果摊前，认真地挑选起来。一般是六个苹果或者是七个香蕉，那个年代就只有这些水果品种。他自己从来不吃，我以为他是不喜欢吃，直到我们家吃得起水果的时候我才知道他也是喜欢吃的。

读大一的时候我穿的还是童装，父亲虽然不满意母亲对我的打扮，但是基本上没有发言权的他只好默不作声。直到有一天，他像是鼓足了勇气一样，拉我上街，走到门市部的柜台前，让服务员拿出一双黑色的高跟皮鞋来，红光满面地说："你试试这个吧，我看你的同学就穿这样的。"我简直不敢相信我的耳朵，扶着他的胳膊，歪歪斜斜地穿上人生第一双高跟鞋，人忽地长高了一截，头顶到爸爸的下巴了。他搀扶着我走了几步，问道："怎么样，大小还合适吧？"我很害羞他这么近距离盯着我，我一定是面红耳赤了，赶紧点点头，他就去付款了。回去的路上，我担心妈妈会反对，但他说我长大了，可以穿了。果真我们俩受到了有史以来最严厉的一次数落，晚饭都没有吃好，他悄声说："怕啥，带到学校穿就行了。"这双高跟鞋无数次磨破了我的脚后跟，我忍着，骄傲地走在校园里，心里觉得自己很挺拔呢。

他对我的好让我想起小时候的两个情景，整个小学期间我的小抽屉里总莫名其妙出现一分和两分钱的硬币。这让我欣喜若狂，也让我忐忑不安，没有人问过这件事情，我悄悄用了一次，没有什么动静；我大着胆子又用了两次，仍然没有出什么乱子。于是夏天里我吃过好几次冰棒，冬天里也吃过好几次丁丁糖。长大了我才知道，那是爸爸悄悄放进去的。由于生活的拮据，妈妈在生活用度上总是卡得很紧,不知道他是如何做到的,让我的少年时期很甜蜜、很富足。

还有很多次,我犯了错,母亲罚我跪着,不许吃晚饭。我先是委屈地哭着,后来哭累了就歇一会儿,呆想自己的心事,我在等一个人来解救我。父亲终于下班了,看我那么跪着,就伸手过来拉起了我,不知道为什么,被他柔软的大手握着,我的眼泪像断了线的珠子一样掉了下来,父亲轻轻叹口气,啥话也没有说,让我坐在饭桌前,夹一些菜放在我碗里,我就哽咽到不能吞咽了,其实不仅仅是委屈和难过,更多的是对父亲的感激。

现在想想,那时候就父亲一个人挣钱,要养老人,要给二伯三伯看病。母亲在外面做点零工,很辛苦,她难免把对父亲的怨气撒在我身上,我只是一个小小的出气筒罢了。

那时候的我固执地认为,对于我他也是遗憾的,如果我是个男孩子,我和他是不是会幸福很多呢?现在想想真是冤枉了父亲,从买高跟鞋开始,我就知道我错了。

父亲的脾气温和,是有口皆碑的,在我的记忆里他也只有很少的几次发过脾气。

一次是我上初一的时候,英语小测试我考了49分,成绩出来，老师狠心地要求我们拿回家签字，我挨到快要上学了才战战兢兢拿给爸爸签字，他大眼睛一瞪呵斥道："这是什么？我不签！"我被他的样子吓坏了，抓起试卷就跑了，因为要迟到了。从那以后我努力学习，成绩好到不用再找家长签字了。我最喜欢别人当着我的父母问我的成绩，他总是笑眯眯地摇头道："一般，一般，就那样吧。"但是我听出了他的满意和骄傲。

还有一次，放暑假，我蹲在院子里玩石头子儿，他下班回来，我高兴地跟他打招呼，本来他也是温和地笑着的，可是突然加快脚步，走到我面前，一巴掌打在我的肩膀上，吼道："站起来，你看你什么样子！"我惊呆了，这是咋的啦，让他这样怒不可遏，我低头看看自己，才反应过来，是因为连衣裙太短了，蹲着走光了。我连忙跑进卧室，换了衣服裤子，那年我十七岁，从此，我记住了父亲对我的要求。

再有一次，我大学刚毕业，分在公安系统的同学请我出去吃饭，不谙世事的我就跟了去，酒桌上有很多领导，听说我们是刚上班的大学生就一个劲儿地劝酒，结果我喝了大半杯白酒，除了头有点晕，也还能撑着去唱卡拉OK。回到家，一身酒气的我就被父亲盘问了几句，我如实地说了，他猛然站起来，怒吼道："他们是男人，你是个姑娘！这么不懂事！"我吓坏了，从此自律，喝酒看人来，喝酒看场合来，喝酒看心情来。我上班之后会在夏天陪爸爸喝啤酒，过年的时候会陪他喝点红酒，我知道家里就我一个女儿，有时候我得活得像个男人，给爸爸一点安慰才行。

第四次他对我发脾气我还在哺乳期，跑出去玩了大半天，孩子就惦记着我这口奶，整个下午啥也不吃，等我回家的时候大老远就听到儿子嘶哑的哭声，我三步并作两步进了门，父亲一把把孩子塞到我怀里，说："怎么当妈的你，下次要这么贪玩，就带着他一起去，免得饿死！"我羞愧难当，赶紧去喂奶，父亲却走进厨房为我熬鱼汤去了。

父亲最后一次对我发脾气是在他重病期间，我几头忙着，要上课，要外出作报告，要赶着回去照顾他。有一天回去晚了，听说他问到我几次，说今天怎么还没有回来呀，等我拖着疲倦的身体推门进家的时候，他坐在床沿边上，猛烈地咳嗽着。妈妈抱怨道："你爸正生你的气呢，你看他咳得好厉害！"我轻轻拍打着他的后背，心疼不已，等他喘息得好点之后正准备给他解释一下，只见他抬起迷茫的双眼，小声说："那报告你就不能不去做了？在家里还能替换一下你妈，荣誉就这么重要吗？"我忍着泪水抱歉地回答："爸，那不是荣誉了，是我的工作。"他就默不作声了，顺从地躺下去，顺从地等我为他按摩全身，末了，他拍拍我的手说："早点休息吧，明天还要上班。"看他平静下来，我故意撒娇道："我这么爱你，你还这么调皮，敢跟我生气，谁有我按摩按得好啊！"他就笑出了声音。我回到自己的房间，泪如雨下，听他在隔壁咳一声，我的心就跟着痛一下，那一年我永远都处在半梦半醒的边缘，下班就赶着回家给他一个最灿烂的笑容，但笑容背后全是焦虑和泪水啊。

父亲也哭过三次，我记忆犹新。

第一次是1989年回去看重病的奶奶，他陪他的老

娘待了一个月。要回贵阳的头一天晚上,他很晚还坐在他娘亲的床边,沉默着,二伯喊他去休息,他只嗯了一声,但是没有动弹。我又去喊他,进了奶奶幽暗的房间,只听奶奶说:"四喜,你去睡吧,明天要赶路,就让妹妹陪我睡一夜吧。"他终于慢慢站起来,交代了我几句,大意是让我不要睡得太沉,要听奶奶喊,有事情就出去喊大家。我点点头,送他到门口,在堂屋昏暗的灯光下,我看到父亲因为痛苦而有些扭曲的脸。他在哭,泪流满面,他用手掌不停地擦拭着眼泪,压抑着哭声,看上去像个绝望的孩子。那一刻,我的心痛到扭成了结,几乎要窒息了。我担心爸爸会不会在那一夜死去,整个晚上都没有睡着,而奶奶也叹了一夜的气。

第二次看到父亲流泪,是我出嫁的那天,原本是欢天喜地的接亲场面,就在我回头跟父母道别的那一刻,时间定格了,父亲眼圈红了,我的双膝很自然就跪了下去,泣不成声,他拉过我的手,放在我丈夫的手里,没有说出一句叮咛的话,就这样眼角挂着泪水送我出了门。但是他不知道,十年之后,他又得重新牵起他女儿的手,重新让我回到少女时代,重新偎依在他的身旁,他是愿意的,也是极不情愿的呀!

第三次看见他哭,是我用手感觉到的,他病入膏肓,任何的药水和营养素都打不进他的身体了,医生救不了他,神仙也救不了他,我更救不了他。在最后的几天里,他总是轻轻握着我的手,不愿意松开。我就摸他的脸,亲他的脸,问他:"老爸,你最爱谁呀?"他勉强笑了笑,气若游丝道:"最爱你。"后面再加上一句:"你要照顾好你妈,她心脏不好,我担心啊。"然后两颗很大的眼泪滚了出来,落在我的心上,我的心就变成了一片沼泽地,我的人整个儿陷进去,拔不出来了。

他走的那天,我守在他的床边,握着他的手,感觉到他身体的变化,脉搏隔很久才跳动一下,体温在下降,对于我的呼唤没有任何的回应,哪怕是手指的一点点颤抖都没有。他走了,我长跪不起,泪流成河。有人在我耳边说:"你的眼睛不好,不能这么哭的,伤眼睛啊!"我忍不住啊,我没有爸爸了!"你的眼泪太多,会让奈何桥下涨水,那你父亲怎么过去呢?我们都希望他一路走好。"我抬起头来,止住了泪水,孤独地觉得整个世界就只剩下我和我的老父亲了,我透过泪眼,真的看到他走远了。

他慢慢走远了,就像当年我们在武昌坐船,他买好了船票，对我说，你快走，船就要开了。我快步走上船，船员就撤走了跳板，船离开了岸边，我惊慌地喊道："爸爸——爸爸——船走了——"父亲扛着箱子紧追了两步就停了下来，对我挥手喊道，别怕——到那边上岸等我，我坐下一趟，很快就到了！他戴着黑色呢子帽，围着一条咖啡色的围巾，站在冬天的长江边。江风掀起了他的围巾一角，我的心被拉成了一根长长的丝线……

父亲在弥留之际说了很多的胡话，但是在我听来很浪漫呢。他说，其实我是有翅膀的，来，你帮我把翅膀打开，这样我就可以飞起来，我就舒服了！

你看，你们看，蜘蛛在那里结了一个网子，好大！

我会好起来的，我想去钓鱼了，这回我们带上你妈和阿牛，阿牛肯定喜欢！

……

他病了近两年，咳嗽了近两年，只能坐着睡觉近两年。在他最痛苦的时候，我只有两个想法，一是用我的十年寿命换取他的健康；二是，让他走吧，结束生命就是对他最大的慈悲。我对他说，来生我还做你的女儿，你还是我爸爸。他的笑容定格在黑色的相框里了。

那年花开她还在

三十多年前,八十五岁的奶奶从湖北农村来到贵阳,和我们住了很长一段时间。我很是开心,因为在她身上发生了很多有趣的事情,至今难忘。

她一走进我家院子就抹开了眼泪:"儿啊,我以为你住在山洞里,没有想到有瓦房,也有菜园子,和这么多好看的花,还有这么多和善的人。"我们住的地方叫大山洞,她老人家一直以为小儿子来贵州像猴子一样住在山洞里呢。

第一次看电视,她坐得很是端正,就像坐在戏院里一样,里里外外都透出尊敬和期待,那模样演员看了都会感动得流泪。她有时候会对我说,啥都好,就是戏台子小了些,那些人每天跟走马灯似的,这么小的盒子怎么能装得下这么多的人呢?有的戏还是那个腔调,有的戏像在说话,说的官话大多也听不懂;人穿得太素净,没有一个愿意穿红着绿，就是毛主席也没有这么规定呢。我跟她解释了这是黑白电视，她也只是摇摇头，说白娘子可以这么穿，苏三和王宝钏可以这么穿，穆桂英和杨贵妃就不能这么打扮自己，不够喜庆；还有天色也不好，总是灰蒙蒙的，难怪他们都跟我说贵阳没有多少晴天。

是啊，舞台上就三个颜色，以我当年的能力也是跟她说不清楚的，这个心结算是解不开了。

有一个黄昏，她自己在厨房里煮了一碗面，作料拌匀了，小心翼翼地抬到电视机面前，很是客气地对屏幕里播报新闻的杜宪说："姑娘，累了吧，每天都看你在说话，来，先吃碗面吧。"我哭笑不得，连忙走过去，笑着解释："她在工作，忙着呢，也吃不了，这不是隔着玻璃呢吗。"她伸手摸了摸屏幕，怎么小呢，多好看的姑娘啊，她迟疑着。面条都煮好了，我想了想说："人家在家里吃过了饭才来的，你这口味别人也不一定吃得习惯，您自己吃了吧。"她面带愧色，很不好意思地端走了。

中秋节，电视里演的是文艺节目，一个女演员烫了一个爆炸头，闭着眼睛正吼一首"西北风"，奶奶捂着嘴笑，说这女子太疯了，怕是找不到婆家，我笑她瞎操心。看完了节目,大家各忙各的去了,唯独她老人家一直在放电视机的架子下面找东西,我忙上前询问:"下面空的呢,奶奶,一眼就看清楚的。"她自言自语道:"不会呀,我明明看到掉下来的,亮得晃眼睛。""啥?"我也好奇起来,"什么好东西,从哪里掉下来的?你的东西吗?"她不好意思起来,说你的眼睛好,再看看地上有东西没有。

我担心是她的什么宝贝,就仔仔细细地找了一遍,真的没有。

她很是疑惑,对我说:"我看见的,明明就看见的,那个姑娘唱歌,头一甩,小巴掌大的金耳环就掉了下来,我想等她走了捡起来送给你,怪了,就不见了!"我大笑起来,我的奶奶,怎么跟你说呢,怎么跟你说才能说得明白呢。

奶奶在我父母面前是矜持的,她怕儿媳妇笑话她,所以有问题只是问我。

终于有一天,她觉得事情太严重,得跟自己的儿子讲讲了。那天,我在里屋写作业,她一个人看电视,突然听到她很焦急地喊父亲的乳名:"四喜儿,电视机肯定要坏了,你快来看看!"父亲放下手里的木工活儿,三步并作两步往屋里跑,他怕是电线短路了,哪里烧了起来,吓着老人家了。进来一看,电视机好好的,正在演海底世界,奶奶惊慌地抓住他的手说:"进水了,一缸水,还有鱼!"父亲笑了笑,拍拍老母亲的手,然后上前换了一个频道,是AC米兰足球队跟谁踢得正欢。奶奶被父亲扶回了藤椅,父亲也是没有办法跟她娘亲解释清楚的,只是安慰说,放心,儿子在,电视机不会坏的,坏了也会修。这句话很有作用,她是相信自己儿子的。

最有意思的一次是电视里几个孩子跟着老师朗诵《三字经》,奶奶的模样突然变得虔诚起来,她慢慢站起来,把双手背在后面,两只小小的裹足轻轻点地,身体左右摇晃,口里念念有词:"人之初,性本善,性相近……"看到我诧异的样子,她的脸就红了,羞怯地说:"这是小时候我家私塾先生教我的,这戏里的人也会呢!"看来我是小瞧我乡下的奶奶了。

接下来,还有她跟电冰箱的故事。

母亲买回二十个鸡蛋，让奶奶帮着放进冰箱，说完就忙别的去了。奶奶很高兴地去做了，等到晚饭时，大家都找不到鸡蛋了，说是冷藏室里根本就没有鸡蛋的影子。奶奶听了很着急："我放好了的，就在那个冒冷气的柜子里面，难道是进了毛贼了？"我突发奇想，拉开了冷冻层的门，我的天呀，果真在这里，二十个鸡蛋整整齐齐排列在冰箱的门上，一个个都冻出了口子，流出来的蛋白被冻在皮上，像一个个顽皮的孩子吐着舌头做鬼脸。我们都笑岔了气，奶奶很尴尬，模样像个做错了事情的小孩子。

奶奶最不信任的家电就是洗衣机了，左转转右转转衣服就能洗干净了？一家人的衣服放在一个水缸里摇晃，那是违背常理的，更是糊弄懒鬼的。她坚持自己洗衣服，白色的、浅色的、花色的、深色的都要分开，她是老派的做法，我们却没有理由嘲笑她的旧思想。

五月里，阳光明媚，花香四溢，我帮奶奶洗了头，然后将她稀疏的头发梳了一个拇指那么大的发髻，随手在花园里掐了一朵红月季悄悄插在上面。

她就这样坐在春天里，沐浴在阳光下。

黄昏下班的工人路过我家院子，看到她可爱的样子，忍不住多问候了两句，连平日里话很少的叔叔阿姨也展开了笑容。

"老人家，好福气。"他们说。

"社会好，托了好社会的福。"她幸福地笑着。

"老人家，爱漂亮呢，今天真好看！"

"老得不成样子了，"她用手拢了拢发鬓，害羞地说，"孙女给我洗头了，舒服呢。"

"老人家精气神好啊！"

"都是儿子媳妇好，他们孝敬我呢。"

如果这一幕被记者看到，录下来，然后在电视新闻里播放，正巧被她看到了，老人家能认出戴了红花的自己吗？认出来了又会说出怎样让人惊喜的话来？想着想着，我就笑出声了，眼里盈满了泪水。

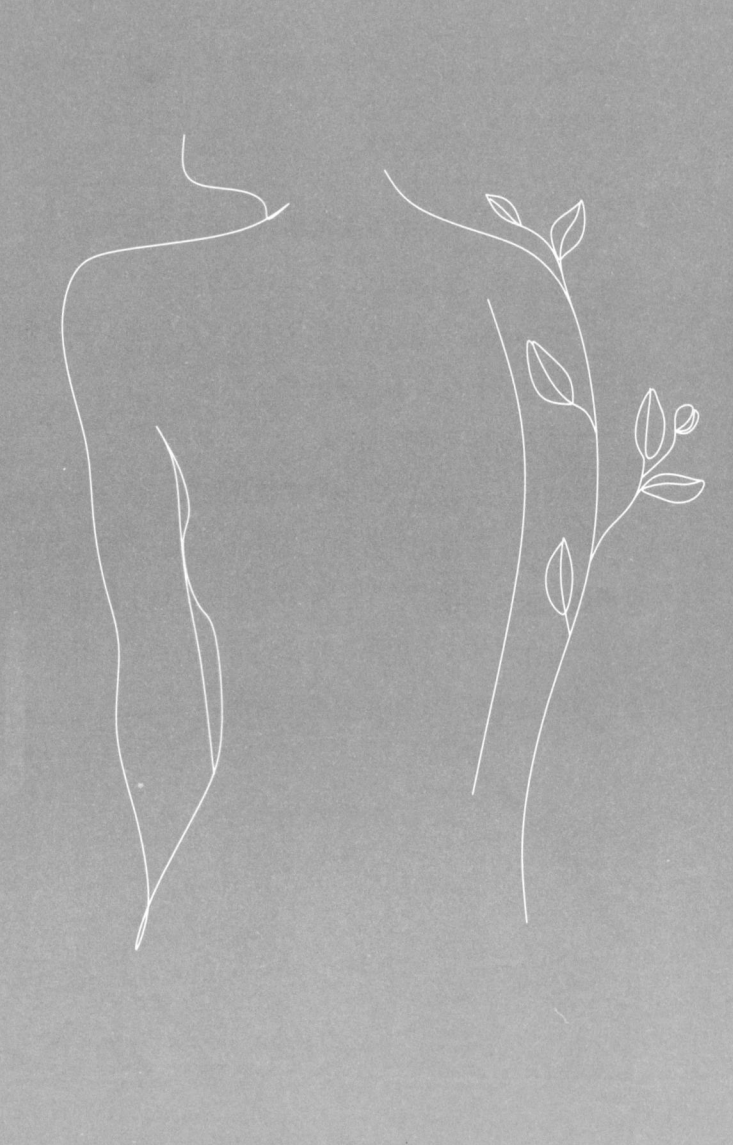

有人问我
还记得天空的颜色吗
我说记得
深深浅浅的蓝
或明或暗的白
鸟儿的翅膀掠起金色的浪花
那是勇敢者高远的誓词
它激荡了白云柔弱的心
湿润了我仰望苍穹的眼睛

看看再说吧，别紧张。"我发誓我没有紧张，只是太激动了，如在梦里，觉得不真实啊。

我想我的样子一定让她失望了，看上去一定很傻吧。

她开始教我儿子，并且很恰当地纠正着他答题的方向，她一直笑着，声音很温和，但是透出了力度。

我忍不住回头对她笑了笑，说："我终于见到您了敬老师！"她握着我的手紧了紧，给了我一个肯定，这一刻，我多么希望自己是能看见的啊。

我拼命想着过去我记忆中她的样子：短发，清瘦的脸，一脸的正气，语气坚决，很多棘手的社会问题被她曝光之后就会得到及时的解决，她的身旁有一个无形的法杖，不怒自威。

但是在这一刻她就是一个大姐，一个尽可能呵护我自尊心的大姐姐。

我糊里糊涂地被她搀扶到楼梯边儿上，她叮嘱儿子牵好我。儿子乖巧地答应着，他对我说："妈妈，敬老师跟电视上不一样，穿得很休闲，模样很优雅，对，是优雅；还有，个子比你高多了。"其实，我也感觉到了。

下午正式录播的时候到了，我和儿子很期待，他换了一身正装，正浑身不自在。看到敬老师走进来，他抓住我的手说:"妈妈,天!她变成《焦点访谈》里的那样子了,头发是那样的,衣服是那样的,鞋子也是那样的!"我们一起笑了。

再一次上台站在她的身边,我自然多了。我被笼罩在幸运的光圈里,人紧张到一定的程度躲不掉就会安静下来,这是我的经验。

看完我的短片,她拿起了我的小说,念道:"她在书中写到,我用十年的时间面对残酷的现实,又用十年的时间接受现实的残酷带给我的痛苦,我觉得我挺勇敢的……内心如此坦然。"我很高兴她选择了这几句话,这应该是她想要的我的样子吧。

她跟我交流的时候会轻轻握着我的手,把话筒优雅地递到我的面前,无论我说什么她都会静静地听着,用声音表示她很满意,尤其是对我儿子的表现很满意,最后她对我提了一个很难回答的问题:假如给你一天光明,你最想看到什么。

我不假思索地回答:"我想知道我儿子长成什么样子了。"

半晌她没有发出声音,十几秒过去了,她发出的声音是哽咽和颤抖的,我与她挨得这么近,近到听得到呼也就没有了滋味。

六月，想去附近的青岩古镇坐上一会儿，请不要跟我描述你看到了什么，让我自己听南来北往的声音，嗅酸甜苦辣的味道，想古往今来的人物，也许啥也不想，就木木地发着呆，好像在陪伴一个老者，陪着一棵古树，陪一片寺庙的破瓦，陪他们懒懒地晒着太阳。

七月，带我回一趟湖北乡下吧，热死也要吃一回正宗的锅巴粥，柴火在灶台下噼里啪啦，火焰映红了大表姐淌汗的脸，米汤在锅里咝咝作响，糊香弥漫到每一个房间，那就是故乡久违的味道。如果可以，请让我感觉到父亲就坐在我的对面，他的面前也有这么一碗锅巴粥。用筷子搅了搅，只需喝一口，我的眼泪就会涌出来，蔓延在我苦涩的乡愁里。

八月，一定要接受一家电台的邀请，穿一身白底绣蓝花的旗袍，做一期访谈节目，想说的话题很多，但是都逃不过一个情字，亲情、爱情、友情和恩情。我想会不会有人调台的手突然停下来，黯然神伤；会不会有一个哥打着双闪将车停在路边，把脸埋在方向盘上想他的娘亲；会不会有一个和我一样的盲人，听着听着就笑出了声音。晚上去一个路边摊吃烤羊肉，让孜然和辣椒末沾在我的唇边，辣得我涕泪横流，喝一大口雪碧，畅快到无与伦比，没有人知道在两个场景里是同一个人。

九月，带我去一个远一点的城市，扎一个带宝蓝色蝴蝶结的马尾辫，踩一双六厘米的高跟鞋，听一场不管是谁的演唱会，会不会唱都跟着哼哼，大声地尖叫；然后走在夜色苍茫中，吹着口哨，踮着脚尖在原地打个转儿，觉得自己还挺年轻的，我只想释放一下情绪，也许你看到的是我绽放的青春里最后一季花朵。

十月，明媚的阳光里，请允许我独自漫步江边，或者是湖边，再或者是大海边。岸，短得像每个人的生命；水，却长得流过每一个人的生命。星空下，和女人聊聊生活的琐碎，和男人谈谈天地的广阔。你看见的是水面，我听到的却是涛声。

十一月，该静下心来好好看几本别人推荐的书了，然后拟一个计划，开始新一轮的笔耕。路过我的人都要问一句，你会把我写进你的书里吗？我说会的，如果你和我一样认为生活本身远比文学丰富多彩。我还想说，其实我也想被别人写进他的书里。

十二月，我想蛰伏，像一个臃肿的蝶蛹，静静地等待。等大山苏醒；等山花烂漫；等一朵云；等一阵风；

我是在路边看到她的，你仔细看，那只是一朵花，但是从某些角度看去，却越看越像一个正在跳舞的宫廷少女，花瓣的排列堪称妙绝，很随意的几笔，勾勒出高跟鞋、泡泡裙、小王冠，一位高贵的身着金黄色长袍的少女就舞动在那里了。谁说草木无情，单就这一种跳舞的姿态就是情商极高的表达了。精灵，美丽的花的精灵。

那么多花静静地开着，繁茂地开着，鲜艳地开着。看这花，你仿佛看到了她律动的心、不安分的心和反叛的心。微风拂面，她轻轻地摇着裙摆，千娇百媚。风疾驰而过，她旋转跳跃，姿态万千。

我开始幻想她前世是个多情的女子，爱了，信了，伤了，痛了，悟了。今世开成一朵花，让后世的多情者、无情郎慨叹她的风姿绰约，可远观而不可亵玩，只需看这一眼就一辈子念念不忘，仿佛是轮回之后忘却了她的你，以另外一种方式遇见她，然后又爱上她。

花，一定是有魂魄的，不然她们怎么就勾去了我们的魂魄呢？

雷山飞歌

"米酒甜,米酒香,苗寨的飞歌绕山梁……"在阿幼朵歌声的引导下,我来到了雷公山,蜿蜒的盘山公路时而掩映在绿树丛中,时而隐约在云雾背后,时而伴着泠泠淙淙的泉声,时而又沉浸在山花的暗香里。就这样,我的内心跟着山路起伏,思绪跟着山路蔓延,直到山顶。

雷公山海拔2178.8米,也许是久居山区的缘故,我们并没有感觉到海拔的差异,潮湿的空气、凉爽的山风,却让我觉得心旷神怡。山顶上的植物都长得比较矮小,叶子坚硬并有蜡质光泽。孩子们好奇地摸着扯着,在欢呼,说他们到神仙居住的地方了。我也兴奋起来,对着云雾大喊了三遍我的名字。末了,我说:"我看见啦!我看见了——"而此刻我多么希望我能看见啊!

周围的人不断地向我讲解阳光下的云聚云散,远处群山的连绵起伏,我在脑海里拼凑着这些美好的画面,居然很享受

太快了,才走几步就把她甩开好远,翻过那座山就不见了踪影。小鱼儿一路小跑,气喘吁吁地追着,冲上了山顶,她手搭凉棚,面色潮红,已经发育的小胸脯剧烈地起伏着,她拼命地踮着脚尖,只看见那个男孩小小的背影消失在山路的拐弯处,她失望到了极点,对着山下喊:"你知道我有多喜欢你吗?我好想长在你回家的路上啊!"声音大得把自己都吓了一跳。

少年的愁苦来得快、去得也快,这段感情不久也就慢慢地淡去了。在他常走的那条小径旁却长出了一些不知名的小果子,那滋味酸酸涩的。

我不在你的抽屉里

青涩的滋味玉子也有过。

玉子进入高中以后,特别用功,成天把头埋在草稿纸里,忙碌却不知疲倦,连有的同学长啥样都分不清。

这天她来得特别早,天下着毛毛细雨。收伞进楼道时,她听到后面紧跟着一个沉重的脚步声,她很自然地回头瞟了一眼,一个男生正在上楼,由于没有打伞,头发都被淋湿了,一缕一缕地贴在额头上。男生正好也在抬头往上看，恰巧触碰到了她的目光。玉子的心弦仿佛被谁弹拨了一下，是那张年轻而英俊的脸吧，皮肤白皙，浓眉下目光深邃而忧郁，眼睫毛很长，也被小雨淋湿了，薄薄的嘴唇抿得紧紧的，见是熟人，嘴角轻轻地上扬，给了玉子一个腼腆的微笑。同班的？！玉子想，怎么平时没注意到他呀，玉子的心开始怦怦乱跳，因为她喜欢这种长相的男生。

她开始在班上注意他，第几组第几排，有什么爱好，偏哪一科，平时同学们是怎么议论他的，只要有人提及他的名字，她心里就像做了贼似的慌乱起来。后来他们会经常在楼道上邂逅，玉子总是送他一个甜甜的微笑，男孩也笑，有时还对她点点头，他们班的男女生都是这样不讲话的，各自都在用功读书。

玉子不知道别的女孩心里在想什么，但玉子每天都在想他，他注意到我了吗？他也会像我喜欢他一样喜欢我吗？她想知道，于是她有了一个大胆的想法。有一天，下了晚自习，她让好朋友把她反锁在教室里，没有任何人知道她想做什么。她静静地坐在自己的座位上，等着夜深人静，等着月光斜斜地从窗户照进来，她心慌意乱地站起来，向那个男生的座位看过去，脸就开始烫起来。

的野花美得迷了你的眼,香得醉了你的心,不同的香味就像唱山歌一样一曲未罢一曲又起。是啊,这山花就像那动人的情歌,直往你心里钻。我又想唱了,没有歌词,只是尽情地哼着自编的调。

水无山则不够秀美,山无水则缺了灵气,贵州的景色美就美在这山水,匀净搭配,刚柔相济。雷公山无雨,但响水岩把它想说的都说了,杜鹃花把它想笑的都笑了,苗家姑娘把它想唱的都唱了。

没有风景的银杏村

银杏树,总给人一种年代感,如果一个村子里有好几棵银杏树,枝干粗壮,树叶茂盛,加上有几个老人坐在那里摆龙门阵,一脸的满足,那就很有画面感了,毕竟和活化石相伴一生是令人艳羡的幸福。

银杏村的银杏树很多,从村头排到村尾,村子就掩映在一片绿叶之中了。慕名而来的游人真不少,以老人团居多,不知道是不是听说了银杏是长寿之树的缘故。

这个季节别处的银杏都黄了叶子,我们以为这银杏村也应该如此了,想想那摇曳的金黄色一片,很期待呢。

可是银杏村的银杏很任性,它们倔强地绿着,生机勃勃地绿着。

当我看到的时候是惊喜的,多好啊,在深秋里还有就有人问她："你腰部怎么鼓鼓囊囊的？"她只得连忙拿本填充册挡着把它从怀里扯了出来……

终于熬到了放学回家，凌菲吃饭的时候一直没敢抬头，妈说："凌菲，你不舒服啊？"她慌乱地回答："没，没，我作业有点多，我写作业去了。"目光只和妈的目光接触了一秒钟。她觉得妈的眼神里有怀疑，只好故作镇定地慢慢踱进了卧室，迅速反手关上门。她又拿出那封该死的信，先把它放在抽屉的底部，用两本书压着，可又觉得不放心，上一回她妈妈就从这里找到了一本琼瑶小说，还把她骂了一顿。她又把它塞到枕芯里，但万一妈妈要拆洗它怎么办？太累了，为了这封信！最后，她决定把它放在棉絮下面，总算安心了些，这才开始写作业。

晚上睡觉的时候，那封信就在凌菲的身下，它像火炭一样烧着她的脊背。她悄悄爬起来，四处摸索，找到了爸爸的火柴盒和烟灰缸，蹲在墙脚，把这封该死的见不得人的信烧掉了，等灰烬冷却，她用手指捻了捻，它们就轻轻柔柔地碎掉了。

她有一种说不出来的解脱感，脸不再发烫，内心也不再慌乱，可是另外一种情绪又涌上了心头，是失落，还是惆怅？她心里空落落的，如果舍得的话，她为什么要费尽心机藏了它一天呢？毕竟有生以来，这是第一个对她说"爱你吻你"的人。我想青春年少时我们总是这样患得患失的吧。明明想拥有，可是又怕真的拥有；拥有了又害怕失去，那又是一种萦绕在心头久久不能平息的痛。

橘子味的爱恋

青青和他是在大学里认识的，认识他只有一个目的，就是能吃饱饭。

青青来自偏远贫困的山村，读的是体育系，经常会吃不饱饭。吃不饱饭，她就给家里写信，饿着肚子写，满纸都是因饥饿流下的眼泪，泪痕模糊了字迹，却抹不去饥饿的感觉，所以她深爱着这个能让她吃饱饭的大男生。

记得那一次，他买了许多橘子给她，下一次他再来看青青时，发现桌子上还有一个橘子，都快烂掉了。他

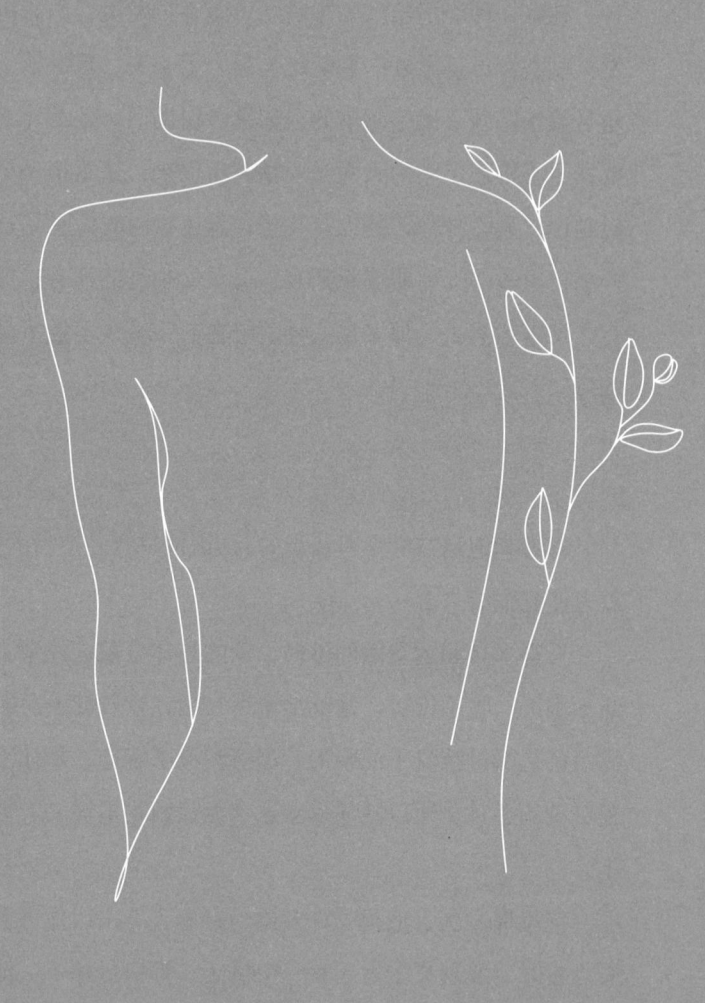

有人问我
还记得他们的长相吗
我说记得
可是
一张张天真烂漫的笑脸
一张张青春洋溢的笑脸
一张张慈爱安详的笑脸
在黑白交替的那个瞬间
被默默定格
请不要转身
不要哭泣
你的眼泪会模糊了我对美好生活的记忆

美哉,青岩兮

听说青岩很美,有"绿树村边合,青山郭外斜"的意境,古老的青色石板路,小雨滋润之后闪耀着迷人的光泽,我想这可能是它名字的由来,但我一直没有机会去看看,这青岩就成了我美丽的梦想。

想象中的青岩,应该是这个样子的:一条不宽的老街,街道两边的建筑物一定不会很高,都有着斑驳的老墙、破损的门窗、残缺的屋檐、难度很大的翘翅。门窗上总应该有一些模糊的花纹,仔细辨别才可依稀认出,不是常见的喜鹊闹梅,或五谷丰登什么的,应该是一些很神秘的符号,让你对少数民族的神秘文化有了新的向往。墙皮应该是又黑又脏的,与门口的排水沟很是匹配。墙脚和参差不齐的石板缝里星星点点的杂草,让你感觉青岩是陈旧的、破损的、存在了几百年的。

从门里走出来的男女老少都应穿着粗布的衣服,颜色单一，质地厚重，他们的面相纯朴，话语简洁，女人们应该比男人们勤快，男人们比女人们悠闲。清晨，男人们还坐在门槛上抽着老旱烟的时候，女人们就已经坐在石墩子上用石臼舂辣椒，或是在盆里搅着麦芽糖了，还有的女人两手拎了许多只刷洗干净的猪蹄子往家赶了。熟识的人们见了面热情而简短地打着招呼，笑容很真诚，牙齿很白净。

到了中午，整条老街飘荡着属于它独特的味道：玫瑰糖的甜味，鸡辣椒的辣味，卤猪蹄的卤味，小豆腐的臭味，炒面的煳味，伴着这混合的香味，人们的饥饿感膨胀了，老街因此热闹起来。

热闹的青岩老街应该是什么样子的呢？每户人家都应该是一个小卖场，银器店、木器店、刺绣店、农具店、山珍野味店。每家都在自家门口摆两条长凳，上面放两个簸箕，旁边一个小土炉子，土炉子上摆一口冒着热气的大锅，刚才说的那些好吃的，就这样一字排开。每家的食物看起来都一样，可味道略有差别，这就要看游客跟它们的缘分了。来的游人特别多，老街又旧又窄，都快要容不下了，叫卖声、询问声、招呼声、还价声此起彼伏，嘈杂成一片，有的人冲老街而来，有的人冲吃食而来，有的人冲热闹而来。

慕名而来的，看了，吃了，只是一个休闲的过客，感觉到的不过是古城千篇一律的格调；存了心思而来的，看一看这条老街能挤出来多少利润，能炸出多少油水，散发着蠢动的欲望；也有想拨开这嘈杂表象的，在这里寻找民族埋在深处的根，寻找被封存起来的思想记忆，或者看一看浮华背后永不消失的古镇本真……

听说青岩镇三教合一，有教堂，有寺庙，还有道观，这本是三种不同的信仰，但在内涵上却有共通之处，那就是叫人向善，因此几百年来相安无事，彰显着青岩的包容与淳朴。教堂的钟声、寺庙的磬音和道观里的浅吟低唱却也和青岩的石板路、翘角楼、低矮的门楣和各种美食一起融入了青岩人的生活。

很久以前的青岩不应该这么热闹，应该是一个无论什么样的人来了都感到很安详的地方，因为三教合处，本身就体现它应该是一个清净之地，但愿商业化的今天没有破坏那三处净地，总得让人有一个心灵回归的地方，哪怕是暂时的，哪怕是伪装的。

我想在离老街不远的一个高处，应该长有一棵银杏树，它很粗壮，枝繁叶茂，它是用来见证老街这段历史的，历史上青岩赵家曾有人中过状元，这个状元从青岩走出去，当年的他也应该是静心少年，寂寞苦读，寂寞赶考，寂寞等待，谁说一个人的力量不能改变历史？那个状元，他就改变了整条老街的命运，他成了古老青岩的精神支柱，从而让青岩有了留存下来的理由，到底是人杰成就了地灵，还是地灵成就了人杰呢？不可考证，也许只有银杏树知道了，银杏树不能改变历史，但它记载了这漫长的岁月。

我想，青岩一定很美，一条老街衬在青山绿水之间；我想，青岩很务实，它实实在在地保留了一种文化，熙熙攘攘的人群传递着它的现实；我想，青岩很浪漫，世间的鲜花有千万种，它单挑了玫瑰作为浪漫的载体；我想，青岩很厚重，几百年的沉淀不会让它轻易变得轻薄、肤浅，看不到是因为你看不懂。

他们说我想象中的青岩比现实中的美好，因为现实中的青岩我看不见。

走进三峡

　　湖北人回到湖北，无论在湖北的哪一座城市，走到哪个角落，都能感觉到属于湖北特有的一种味道。这一次是在宜昌、在三峡，这里的天、这里的山、这里的水、这里的云烟，满满的都是我的湖北情怀。

　　暮秋了，风是清凉怡人的，迎面跟我撞个满怀，风里掺杂着一丝丝来自记忆最深处的童年的味儿，我贪婪地吮吸着，像个久离母亲怀抱的婴儿，不论是萝卜饺子、藕圆子、藕夹，还是长江里各种鱼虾，闭上眼睛就能想象出有模样的带色彩的故乡味道了。于是，四处寻觅就成了这几天空闲时必须要做的事情。哎呀！碰到了！居然真的就被我们碰到了！一对老夫妻在街角支了这么个油炸的小摊子，只有这样的老湖北人才能做出这样纯正的湖北味道来！咬开外焦里嫩的藕圆子的一刹那，藕香、葱香、油香弥漫在嘴里心里，我激动地想尖叫，想使劲儿跺脚。路人啊，不要诧异我的吃相，也不用好奇我的兴奋，只因我是你的湖北老乡。

除了熟悉的味道，还有一些熟悉的感觉。街上好像没有了法国梧桐叶子的沙沙声，香樟树保持着它一贯的小沉稳，鸟儿鸣叫得有点羞涩，小城显得静谧安详。雨后，空气是微甜的，湿漉漉的，这让我感觉很舒服。

令人舒服的还有乡音，有偏湖北味儿的，有偏四川味儿的，有各占一半的，这一通方言的搅和，听着听着我就想笑出声音，这是宜昌特有的味道，不是宜昌人，你是学不来的；不是湖北人，你是听不懂的。

到了宜昌，你不去三峡大坝看看，就等于白去了。

我只能把曾经对三峡的记忆片段和现实中触碰到的感觉在心里做了衔接，摸着一石一木一花一草，伴着各种情感涌上心头。我读过关于三峡的很多文章，也曾经用湖北话给学生讲过文言文的《三峡》，还听过歌曲《三峡情》，没有想到今天就到了这个梦寐以求的地方，欣喜之情一定洋溢在我的眉眼之间了。

我攀上了坛子岭，绕到了"185"观景台，想象这里地理环境的高旷，感觉秋风的清洌，还有零星的秋雨，听着周围游客对青山秀水的描绘，还有不时发出来的惊叹，我想我是真的来到三峡了。我站在蜿蜒山道，站在峡谷岸边，站在船头舷沿，站在三峡的风雨里，努力把记忆中所有关于三峡的文字和传说拼凑成了一幅相对立体而生动的画面，努力把自己也放进去，虽然有很多残缺的部分，但还是有了些许身临其境的感觉。嗯，三峡，我想大声地说"我来了"，显得有那么点矫情，可是你知道我内心的纠结吗？为什么从前没有来呢？为什么看得见的时候没有想过要来呢？非得等到我看不见了，才给我这个机会来看你呢？这是怎样的一种遗憾啊！转念一想，我又是幸运的，毕竟我还是来了，和三峡依偎在一起，也做了一回"高峡出平湖"的历史见证者。

残缺的记忆里有一个完整的人物形象浮现在我的脑海里，跟历史长河有关，跟三峡有关，跟忧国忧民有关。屈原，对，就是他！我坚信我是梦见过他的，今天就站在他的故居，难道这不是天意吗？

我是一个爱做梦的人，只因为在梦里我还能看见。在那个有关屈原的梦里，我独自到了一个山谷，穿林过境，幽幽暗暗，胆小的我这次并不觉得害怕，见四周空无一人，便换了一套行装，粗布衣，宽腰带，佩宝剑，戴峨冠，插玉簪，全身青色，长袍广袖好不潇洒自在。一阵山风拂面，我不禁打了一个寒战，恍惚间自己变成一个古代男子，开始在清风中舞蹈，或仰天长啸，或奋袖出臂，或长跪不起，或以广袖掩面，或愤然甩袖，或拔剑出鞘，直指苍天，这时乌云翻滚，雷电交加，斜劈出去的长剑像一道青色的闪电，要把那乌云，把那雷电，把那曾经的浮华乱世劈得粉碎！一阵狂风过后，一切归于平静，我的灵魂从身体里慢慢挤压出来。我远远地回望，看着矗立在原地的躯壳，她高挑而清瘦，面容憔悴而忧郁，声音却高亢而悠长，她在唱"路漫漫其修远兮，吾将上下而求索"。我的心里不免一惊，我上演的居然是一幕《屈原》啊。醒来后我久久不能入眠，难道冥冥之中自有安排，安排这样一次邂逅？

听过《百家讲坛》里说屈原，其中有一段描述：屈原不得志时，会峨冠长袍，在大庭广众之下载歌载舞，述忠君，述忧国，述悲民，跟我的梦境如此相似，能得此梦，真是惊喜万分。

如今啊，来到三峡，走进屈原故里——秭归。仰望依山而建、傍水而居的屈原祠，它的大气磅礴犹如这位伟人的风骨，不由得让人肃然起敬。踏进屈原祠，听着他的故事，与古人共慨叹命运的多舛、世事的变迁。听《橘颂》，唱《九歌》，崇敬之情竟然穿越到了两千余年前，跟屈原做了一次心灵的对望。踏着屈原的足迹，回味他的文字，我想若能探得他思想品质的一分一毫，此生便足够用了吧。可能这才是我此行最大的意义和收获，也许这次的出游就是来圆我的一个梦，一个有关屈原的梦。

离开屈原祠，我们乘坐游轮游三峡，明眼的朋友们总是怀疑船没有走动，其实这次航行了宜昌境内西陵峡38公里的路程呢，因为江面过于风平浪静，感觉不出船行。如果我看得见，如果我有文采，可能也会吟诵出

"潮平两岸阔,风正一帆悬"的佳句来吧,来应和这景、这情、这深远的感悟。

我在这里摸到了很多的三峡石,它们形状奇特,温润光滑,据说色彩斑斓,闪耀着宝石才有的光泽。淡蓝色的里面仿佛刻着墨绿色的群山,黑色的表面好似淌着白色的流水,那几乎透明的里面仿佛弥漫着缥缈的炊烟……我听得入了神,这哪里还是石头,那是三峡不朽的灵魂,浓缩的山水画卷,历史的传神记载,故园的绵绵牵挂啊!说不定这其中的一颗石头就被屈原捡拾过,端详过,赞叹过呢!

走进三峡,我们走进的是一段历史,一段变迁,一段乡愁,然后我们自己也成了三峡的一段历史,也许还是它的一段思念和牵挂呢。

十年河西

  长江从我的家门口流过,并在这里拐了一个弯,这里因为水土肥美、物产丰富,被称为六福湾。以前,我只是注意长江春夏秋冬的变化,没有注意河堤的变化。炎热的夏季,长江绝对是波涛汹涌而来,浩浩荡荡而去;但到了冬天,它在我眼里窄得像一条大水沟,站在防洪大堤上远远望去,什么气势磅礴,什么烟波浩渺,一点也沾不上边,似乎一纵身,就可以从此岸的黄州跃到彼岸的鄂州城,而且江边的北风会像刀子一样割痛你的脸。春秋两季大多因为早晚温差大,一早一晚江面笼罩着一层烟雾,看不见对岸,却能够让人产生无限的遐想。长大后才发现长江原来会在我们面前来回摆动,幅度相当大,所谓十年河东十年河西。它本来是一个自然现象,但后来被人们用来形容世事的变迁与人心的无常了。

  小时候去江边,要翻过一大一小两道防洪大堤,两堤之间有一片小树林子,一个鱼塘,还有一望无际、碧绿的瓜地,不算窄的一段土路蜿蜒其间,扑腾腾驶过一个小四轮车,车后就扬起一阵沙尘,如果有幸坐上这样的小车,到江边就轻松多了。

1983年那次回去,着实吓了我一大跳。那年发大水,出门翻过第一道防洪大堤,长江就在堤坝下两三米处,可以坐在堤岸上用竹竿搬罾儿,小鱼、小虾、小黄鳝多得数不清,甚至还有水蛇,只要你有精力搬一天,能搬满满的一洗澡盆子呢。原来的瓜地不见了,近处的树林子里也只剩下残留在水面的一些树梢,黑漆漆、直愣愣的像一只只妖怪被淹死之前的魔手。平日里依稀看得见的对岸的房屋、泊在岸边的小船,此刻好像都已被水冲走,整个世界只剩黄黄浊浪了。

时隔十四年我又回去了,时间似乎隔得久了些,长江的堤下只有一片洋桑树,属于经济林,三五年就能成材。小树林那一面是被人承包的鱼塘,也只有过去的一半宽窄,而对岸的鄂州城却凭空多出一片一望无际绿油油的瓜地来。我们这边现在想吃瓜,就只得去买鄂洲城的瓜,皮太绿,瓜瓤不算红,味儿也不怎么甜,比当年我们这边的瓜差得太远了,我们可是沙瓤大黑籽的。瓜吃完了，西瓜籽晒干了还可以留到春节当年货呢。我真舍不得我那记忆中的瓜地，什么时候长江把它还给我呢？那得等上多少年啊，大概又是一个十年吧。

十年，对永不停息的江水来说只是一个瞬间，而对于我们来说却要等很久，十年就让我们感觉到了沧海桑田的变化。等待中生存的环境变了，这期间又夹杂了许多喜怒哀乐的情绪；人也变了，有人驾鹤西归，有人呱呱坠地，有人在不知不觉中老去了容颜，有人背井离乡多年忘记了故园的旧模样；但不必叹息，拥有时应该珍惜所有，失去时就顺其自然。

我时常站在长江边，看脚下的沙土在如雪的浪花拍击中一点一点地垮塌，而我知道河对岸的泥沙却在浪花涌动中一点一点地堆积，堤岸在变，但江水不停。

岸上有一个我在沉思。

你要爱那张藤椅

搬新家那会儿，很多人跟我一样喜欢我那个大大的阳台，视野宽阔，夜景迷人。这么大的空间，不充分地利用起来，怎么配得上我的期望和审美呢？

月色朦胧，秋风拂过，纱窗轻摇，我觉得应该有三两好友坐在这里喝茶聊天才好，于是我开始想象有这么一套桌椅，原木色，小巧别致，有镂空花纹，蜡染的小靠垫，另外配上青花瓷的茶具，嗯，堪称完美。

我在家具城里转悠了一天，居然遇到了比我想象中还要好的它们。桌椅由粗细藤条编织而成，藤桌的中央镶嵌一块圆形的玻璃，透出底座上摆放的盆景。两张藤椅也小巧可人，配了舒适的小靠垫，还可以旋转，一切刚刚好的小资情调。我甚至开始想象，它们就在我的阳台上，桌子上还搭配了一块刺绣的白色桌布，外加一盆绿色的多肉。

我坐了又坐，摸了又摸，转了又转，

问了问价钱，很是满意。

"老板，这一款还有库存吗？"我问那个一直围着我转的女老板，"我好喜欢这样的，如果有，我就要了。"她马上满面春风道："有的，有的，这桌椅很配你的气质呢！真有眼光，呵呵……"就这么愉快地成交了，女老板说很少遇到我这么爽快的客人，这一句夸赞很应景，因为旁边那个铺面里传来了讨价还价之声，感觉都快打起来了。

藤条桌椅送来的那天天气晴朗，我的期待在胸中荡漾，送货的小伙子麻利地安装好，然后就等着我验货付账了。我坐在软软的坐垫上，一踮脚尖儿转了一圈，转回来时我上下左右摸了一遍，就发现了一个真相，这一套桌椅就是那天我坐过的样品！

我敢肯定。

左手扶手上有一根细藤条是断裂的，椅子的脚都干裂开叉了，小圆桌下面的隔断边缘有一个很明显的豁口，这些瑕疵在我试坐的那天就发现了。我对小伙子说这是样品的时候，他显得局促不安，我安慰他说没关系，不是你的问题，我跟你们老板说吧。

电话那头女老板矢口否认，坚定地说是库房里新提的货，还说我眼睛不好，一定是搞错了。我等她说完，调整好坐姿和情绪对她说："第一，这就是样品，我记得它身上所有的破损；第二，我不是来找你扯皮的，也不会退货，我估计你没有存货了；第三，我不会嫌弃这套桌椅，很多人坐过，证明很多人都喜欢过它，就像我一样喜欢。老板，做人做事都要厚道，做生意永远不是一次性买卖。最后，告诉你，不要欺侮一个盲人，真的没有必要，人在做，天也在看呢。"

我慢慢说这话的时候，她居然静静地听着，没有再辩解，也没有中途挂电话，然后我对她说："我住的是新房子，我爱这里的一切，包括这套不完美的桌椅。其实，每件家具以后都会破旧，老是记着这些事，那不是用着一直都不开心了，对吧？"她轻轻地叹了口气，终于低声说了一句："对不起。"然后挂了电话，我也瞬间释然。

从此，我喜欢坐在这椅子上看风景、喝茶、听小说，和三两个朋友聊永远也聊不完的天。这张椅子还是样品的时候有很多人坐过，有很多灵魂靠近过它，很多思想附着在上面，所以我觉得它有了灵气，被偏爱出来的灵气，我坐在上面产生过很多写作的灵感，真要感谢它呢。

想象一下，若干年以后，这个藤椅更破旧了，有人却视它为珍宝，他们说，这是一套有思想的桌椅，一些有梦想的艺术家、勤奋的企业家、成功的金融家和平凡的教育者坐过，他们在它那里找到了内心的平静、生活的安宁，还有用也用不完的灵感。

来，一起爱上我的藤条桌椅吧，爱可以改变你的思维模式。

树叶下的哭泣

我也有脆弱的时候。

最近听张靓颖的《画心》，前面有一段"啦——啦——啦"的清唱部分，静静地听，会听出心痛，会听到心碎，那种痛是碎片划过心头的刺痛，想哭却没有眼泪。我喜欢听，但又怕听多了，因为我怕痛。

怕痛的女人不仅软弱，而且脆弱。我像什么呢？我像一片树叶下的毛虫，肥胖的、慵懒的、无奈的毛虫，背上的几根毛刺，代替了我所有的敏感神经，尤其是我的眼睛，羞涩地感知着这个世界，我经常为自己的蠢笨躲在树叶下悄悄哭泣，大口地咀嚼着多汁的嫩叶，以填饱我那空虚的心。

你知道吗？在我还能看见的时候，我看到的最后两个字是课本封面上大大的"语文"二字，而这两个字在我生命中是多么的重要，其他的毛虫是不知道的、无法理解的。

肥毛虫般的女人真的很羡慕其他强大的健全的虫子，他们能做我喜欢做的事，读书，写字。他们读着我爱读的书，写着我爱写的字，心情好的时候也读给我听，心情不好的时候、忙碌的时候，看完了就丢在一边。我就默默地把它们捧起来，闻着墨香，流着口水，然后就很想哭。有时候我自己也听电视、听收音机、听MP3，但仿佛一个饥渴的旅人穿越沙漠时没有带足够的淡水，总是不如自己捧着书那样自然而自由、幸福、满足；能自己读书，亲眼看着一个个有关联的字、有生命意义的句子、有情感的段落，就如同穿越一片繁茂的森林，或是游弋于清澈的小溪。

而现在的我只能蜷缩在一片树叶下，听路人的只言片语，往脑袋里装一些思想的碎片，还假装和别的毛虫不一样，其实不一样就在于我比他们肥胖一些，而且什么都看不见。

毛虫也有自己的情感世界，不敢奢求，却又患得患失，有谁会在乎一只毛虫的爱情呢？

像我这样丑陋的残缺的毛虫般的女人，虽然不被别人关注，不被别人爱，但也有爱别人的权利，我总任性地告诉自己,我快乐着,我不在乎别人的任何议论;而其实呢,我又很在乎别人对我的看法,大家不一定知道,知道了也不一定懂得,懂得了也不一定在乎,在乎了也不可能做什么。但是这又有什么关系呢?心里有爱就应该知足,知足的人就应该快乐起来,让你爱的人觉得你快乐,就可以了,何必要奢望过多?

我爱的只能是一棵大树,我才可以在树叶上生存,我的情感也应该是棵常青树,我才可以绵绵不断地在上面吐丝结茧。可是我觉得现在我在失去,只剩下几片我赖以生存的树叶,也许还是我想象中的树叶,我躲在它们的下面,想象着我的生命与情感,想象着我的生活和未来,于是,在听到一些伤感歌词的时候,我就在树叶下静静哭泣。

哭泣不一定是我懦弱,也许就是我在排遣,我在成长。

春天到了,我也想长出一对小小的翅膀,飞走。

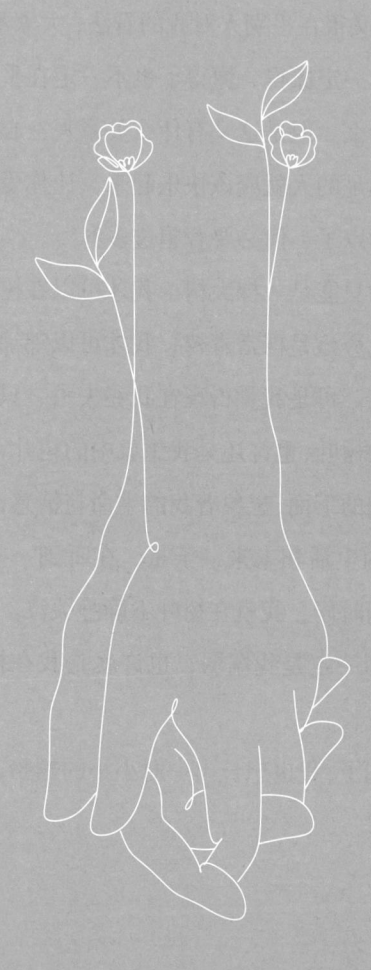

有人问我
看不见了你害怕吗
我说害怕
因为那不是闭上眼睛等待一次甜蜜的亲吻
而是拥抱之后找不到爱的停顿
有人问我看不见了你孤独吗
我说孤独
可是我也知道
孤独是我成长必经的道旁树
孤独是你给我一个思念的空间
孤独时我自己可以想想曾经的云霞满天

手镯女人心

我喜欢欣赏各种各样的首饰，天然的、人工的，在阳光下耀眼夺目的、在锦缎上静谧优雅的，令人感叹造物主的神奇，也叹息人类追求美时无穷无尽的智慧和瞬息万变的审美，没有一个女人不想拥有。

我喜欢欣赏佩戴首饰的女人，小小的耳花在左顾右盼时闪烁不定，就像她等待他时焦急的心情；长长的耳坠，在黑发下时隐时现，女人说完话，表情安静下来了，它还在晃动，女人不安分的小心思就被男人捕捉到了；精巧的项链，圈在女人的脖子上，精致的坠子贴在白皙的皮肤上，和雅致的锁骨应和，就等心上人的一个轻吻了；还有万人迷的戒指，上面镶着小石头，据说它能以克拉的名义诠释一种叫爱情的神话，所有的女人都乐于相信，却又都不信。

并不是所有的佩饰都令人欣赏，我就不喜欢耳朵上打许多眼儿而佩戴那种耳饰,给人感觉很凌乱;也不喜欢在鼻子上打孔所佩戴的鼻钉,那让我想到某些可怜的动物;更不喜欢满手的繁复的珠光宝气,我会觉得那样的手指并不拢,没有办法穿衣吃饭。

我害怕戴得满满的浮华,偏向简单随意的配搭。

在众多首饰中,我偏爱手镯,也喜欢佩戴手镯。我不在乎价格,不在乎材质,不在乎产地,只在乎戴在手上情感的体验。

无论是玉石的、金银的、玳瑁的、玻璃的,还是塑料、稻草的,它们恰到好处地围住我的手腕,像一个朋友,在我需要的时候牵着我,使我不会寂寞、不会跌倒、不会无助。它们有的像女朋友,絮絮叨叨,老纠缠着我说些家长里短的话;有的像男朋友,大大的手掌握着我,很踏实、很坦荡、很温馨。

有的手镯是石头的,来自山里,沉沉地,像山一样默默地陪着我;有的是珍珠的,来自海里,神秘地折射出大海的光泽;有的来自古老的小镇,看着它就能看到马帮扬起的沙尘,听到马铃儿的串响。

　　许多朋友知道我喜欢手镯,无论去哪儿,都会给我带来一只,于是我拥有了越来越多的手镯,也拥有了越来越多的期盼,所以,一个手镯是一个故事。

　　如果有一天我死了,请把这些手镯都戴在我的手上吧,那是人世间的情、人世间的爱,那是朋友间心灵上的牵手。请让我带上天堂,让天神们也嫉妒我拥有的友谊吧。

我是你的一棵树

我想在冬天里送你一棵树,这缘于我对树的喜爱,以及在我看得见的时候,出现在我视野里的各种各样的树。它们给我带来视觉上的美感和心灵上的安抚,它们或葱郁,或憔悴,或高大,或矮小,但始终如一地安静,这是我最喜爱的。我喜爱的,希望你也能喜爱。

我想在冬天里送你一棵树,因为在我温馨的办公室里也有一棵树,名字虽取得矫情——幸福树,但我在乎的是它给予我的陪伴。它静静地站在墙角、在窗旁,枝繁叶茂,得到的阳光并不多,需要的水土也并不丰厚,它尽其所能地生长着,向着有阳光的窗台尽力舒展。我经常触碰它,和它面对面地低语,讲我的理想,讲我的失落,也讲我的小确幸。微风中,它会落几片叶子,就落在我的脚下,我觉得这是为我流的眼泪,有伤心难过的,有喜极而泣的,也有破涕为笑的;同时,以落叶的方式告诉我，有些心思是可以放下的，它并不会影响你的灵魂。你一定不知道我在办公室里做了这些，所以，我也想送你一棵树，让你知道。

我想在冬天里送你一棵树，一棵像我一样喜欢安静的树。有句话说，树欲静而风不止，也许有某一段时间，我就处于这样的心态，我要做回天真的自己，不要被风吹得左右摇摆，虽然风中的树有时候婀娜多姿，有时候风流潇洒，但那不是我的喜好，我喜欢静静地听风、听雨、听你的心事，而现在我很少能听见你对我呢喃了，所以，我更愿意把自己变作一棵树，然后送给你。

我愿意做你身旁的一棵树，因为在意你，所以我愿意听你的寂寞、听你的无奈、听你的轻轻叹息，我多想能看见你，看见你手指欢快地敲击键盘，和灵感一起跳动，然后再看见你成功之后嘴角浅浅的微笑。

在这个萧条的冬天里，我是你的一棵树，我有着旺盛的生命力，我像你期待的那样，枝繁叶茂，每片树叶都是我的一个想法，每个叶脉都是我一段美好的记忆。希望有了我，你不会再孤单，当你倦怠时，抬眼看到的，应该是满眼的绿色，我们的友情也应该是这样常青。有时我也会飘落一些叶子，是想告诉你，可以放下的就应

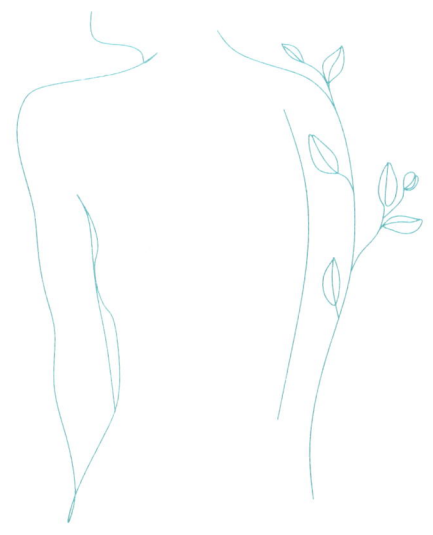

该放弃;放不下的,不该放下的,它永远都在树枝上倔强地生长着。

　　树和你我是一样的,有生命、有思维,我希望这树能在你闲暇时牵引你的目光、触动你的心弦,弹拨一首春天的序曲,让你我一起思考生命的意义。

　　我是你身旁的一棵树,你是我心里的一棵树。

活着

平常人的平常心：好好活着，为自己也为别人。

医生的心：我尽力做到让你好起来，问题不大。

友爱医院的心：不在乎哪家医院，在乎的是谁是这里的医生、护士。

我想我是生病了

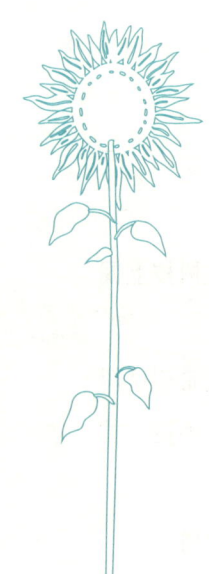

我早就感觉到自己病了，每次来例假肚子那么疼，量那么大，时间那么长，来一次就如同死过一回，上一次厕所就像制造了一个惨烈的杀人现场！仅管这样严重，我还总是自欺欺人地想，没有什么，每个月就那么几天，忍忍就过了，之后不也活蹦乱跳的吗？

这两年的心情也不好，我知道病根儿在这里，病是愁出来的、闷出来的、想出来的，不死到临头是不会觉悟的。道理都懂，就是不愿意面对，要不怎么有个成语叫"讳疾忌医"呢！一点也不错，古人的经验教训同样适用于现代人，怕见到医生，怕走进一个未知的恐怖世界，担心害怕的事情成为现实，以为不去触碰它，它就不存在似的，这就是成年人的幼稚可笑，谁没有过这样的心理体验呢？

我因为疼痛晕厥，我因为贫血休克，我因为面色惨白被人不断地问及健康状况，我知道我病得太厉害了。

我拒绝看病的理由是：下个月就会好点儿的；过几年绝经了就好了；我不想在我完整的身体上留下一个长长的疤痕；我怕疼，我害羞；我不能让大家知道我有妇科病；等过两年孩子考上大学再说，不能因为查出啥病把孩子耽误了；万一是癌症呢？管它呢，拖死算了，反正我这样的人死不足惜……

当医生把死亡的威胁摆在我面前的时候，我才意识到问题的严重性，因为严重的贫血会影响微循环，殃及肾脏，最后便会毫无意义地死去。

我的病不仅在身体上，更在心理上，而且不仅仅是健康有问题，而已是生死攸关了。

我摸着肚子上明显隆起的包块，沉默了，真正为自己想了一次，突然觉得之前那些理由太可笑了，我不想死后大家无奈地说：唉，她死的时候好年轻啊！

我做了一个决定：开刀，活着。

除了你，我还能相信谁

毛毛斩钉截铁地说："不要等了，马上去看，死都不怕的人，怕看病？搞笑！"

我的优柔寡断经常扼死在毛毛果断的手里，我愿意听她的，她是真正对我好的人。

检查在忐忑不安中顺利进行，彭医生、何医生果断提出必须要手术治疗，因为病情不可逆转，也不可等待。她们权威的建议让我坚定了决心，她们的淡定让我觉得面对这样的常见病我不是孤独的，更没有理由犹豫不决，她们如春风般的话语、无比轻松的口气也让我减轻了对死亡的恐惧感和假想的疼痛感。

人生中有很多次抉择，只有这一次是面对生死，我要自己做主。

张家兵医生握着我的手说：你看你，像白雪公主一样白了！放心吧，你的手术我亲自做，绝对会好起来！他的每一个毛孔里散发出来的都是自信和关爱的气息，让人内心安宁。

麻醉师也来了,当他得知我眼睛看不见的时候一定惊讶了三秒钟,因为我感觉到了他语言上的短暂停顿,然后他把一只手搭在我的肩头温和地说:"你,就交给我了,你生命的明天就在我手里了。哈哈哈!"他很年轻,也很帅气,据说。

我的学生在这里当护士,她们说:"刘老师,我们会照顾你的,放心!"

不是谁为谁做了决定,是生命本身要有这样的一次劫难和抉择。

朋友,医生,此刻除了你们我还能相信谁。

享受过程时,我忘了哭

大家都说我坚强乐观,我只好在众人面前表现我的乐观坚强,可是谁会看到我真实的脆弱呢?你们应该知道有些人在医生、警察、老师和死神面前是不会装假的,因为你会被洞穿一切。

我做了一回真正脆弱的自己。

其实我很害怕。

当导尿管送入身体的那一刻,我抑制不住地害怕起来。

当被众人簇拥着走进手术室的那一刻,我迷失了,像是去赴一个未知的约会,我想到了我爸爸,他曾经也这样赴约,然后就没有回来,我这是要去见他吗?如果可以,我愿意。

如果说眼睛看不见后我走进了无边的黑暗,那么此刻我走进的则是一个深不可测的黑洞。

我紧紧地抓住了身边一个医生的胳膊,像拽住一根救命的藤条。此刻我多么希望她阻止我道:"算了,不做了,这病不做手术也会好的。"但是她没有。

当躺在手术台上的时候,我凌乱了,要不要哭呢?我想。

我问做着准备的麻醉师:"我会死吗?"他说:"不会呀,不过是做个手术嘛。"

我在手术台上抖得像寒风里树枝上的一片残叶,我不想这样,可越是这么想,抖得就越厉害。

麻醉师把手放在我的头上,我说,我真的不想抖。他轻轻地叹了一口气,那一刻我觉得他像一个牧师,站在天堂的门口静默着,为一个痛苦的灵魂。他安慰我说:"没事的,放松一点,做这个手术的人很多,你算好的,呵呵，爬起来跑掉的人都有呢。"我努力笑着，牙齿磕磕碰碰，如同站在死亡边缘的绝望的孤魂。

当麻药注入身体时，我突然平静了下来，身体下半截慢慢地就没有了知觉，所有的不适感也没有了，下半身像装进了一个大木桶，或者说两条腿就像两个木桶，稳稳地摆放着，整个人也木木的，内心安静了下来。

当听到医生进来吩咐洗手的时候，我笑了一下，开始吧，躲不过去了。我抬头问麻醉师："我怎么还是醒着的，你不是说让我睡着的吗？"他嗯了一声，朝我走过来，我听到张医生说："啊呀，打开了，子宫这么大了。"我还来不及细想和开始恐惧，就突然睡过去了。

这是一次在众目睽睽下赤裸裸的安眠，那一刻，众神与我同在。

拯救，只是一念之间和转瞬之间的事情。

生命如此简单

我醒来的时候，医生还在为我缝针，她们像巧手的裁缝谈着手里的活儿，轻描淡写道："还可以哈，缝得蛮平整的嘞。"啊，我终于有疤痕了，成为一个不完美的女人。

我被绑着,很不舒服,脸上痒痒,但是挠不着,挠不着就痒到心里去了,我说:"痒!"麻醉师居然听懂了,他用手在我脸上抹了几下,都没有抹在痒痒处。没有办法,呵呵。

张医生已经离开了,我觉得自己在他的陪伴下经历了一次不平凡的生命旅程,他又匆匆地赴另外一个不快乐的灵魂的约会去了。我有点遗憾,他为什么不多停留一会儿,等我醒来对我说第一句话,然后拍拍我的脸告诉我:"看,你还活着!"我一定会为他绽放一个白雪公主般甜蜜的微笑。

我被推出手术室的时候路过一个走廊,被炫目的阳光晃了一下,我睁开了眼睛,等在门口的人拥了过来,家人、嫚云、阿代和毛毛,脚步凌乱。毛毛用这样一句话迎接新生的我:"我们还在同一个空间!"我抿抿嘴笑了,难道我完成了一次穿越?

但是后来他们说,出来的时候我脸色惨白,双眼紧闭,毫无表情,安静地睡着。啊,难道我是用灵魂跟你们交流过?

阿牛说,看到我时他差点晕倒,我知道那是儿子对母亲的爱,是过度焦虑的结果。

六个小时的平躺，就像睡了一辈子那么累，原来睡觉有枕头枕着是一件令人幸福的事情！等待麻药过劲儿，是那么漫长而神奇，你知道吗，最先苏醒过来的是大脚指头，腿脚能自由动弹是世界上第二件幸福的事情！躺着一动不动，疼痛席卷全身每一寸肌肤和每一根骨头，原来能自由翻身是世界上第三件幸福的事情！

我没有一刻是睡着的，医生和护士轮番来看我、问我，捣鼓我身上的管子、袋子和瓶子，这一切活动都在传递好消息：我很好。是的，我很好，知道疼痛是件好事情，知道口渴是件好事情，知道饥饿是件好事情，知道这么多人关心我是件好事情。

接下来的一天，医生护士问得最多的问题是：通气没有？自己小便没有？有大便没有？问的都是生命中最简单的不用启齿的事情，每一个人都在或焦急或欢快或肆无忌惮地谈论一个屁的重要性！我笑，大家都在笑，这才是生命中最本真的内容，这些若没有了，你基本上也就不具备人的特质了。

哈哈哈！生命如此简单，最原始的状态才是人最真实、最快乐的状态。

凡人的烦恼

现在你们发现我不够坚强了吧!

可是我想唱:"你不是我,又怎知我痛啊!"

四十八小时过去了,医生说的"一屁值千金"的话果真在我身上兑现了,我真的是"一屁难求"!

毛毛不屑地说:"放啊,放嘛!不就是一个屁吗?平时那么多!"

医生关切地问:"今天放了吗?不放就不能吃东西哈!"

妈妈打电话来焦急地问:"放屁了吗?我把稀饭都煮好了,等着呢!"

看来打败我的就是一个屁。

以后骂人不可以说他"放屁"了,那是对屁和生命的大不恭敬。

毛毛、阿代、阿文和我妈轮番扶我站起来走动,人饿得头昏眼花,肚子里也扯着疼。我没有哭,也没想哭,可是眼泪就那么扑簌簌地往下滚。

看来哭的人不一定会流泪,流泪的人也不一定在哭。

七八个同事围着我:"放个屁嘛,放吧,放了就可以吃东西了!"

不负众望,我终于放了一个响亮的屁,众人欢呼雀跃之后宣布我又可以食人间烟火了!

一波未平一波又起,我哀怨地对大家说:我想自己尿尿。

毛毛和阿代说:"尿啊!大大方方地尿,谁也不可能笑话你,医院嘛,不分男女老幼,没有啥子羞耻之心。哈哈哈!"

我凌乱了:"问题是导尿管导致我自己尿不出来嘛!"

我难受得死的心都有了。

张医生肯定有个菩萨心肠,他很不忍地说:"嗯,那把导尿管再用上,你看呢?"我犹豫了。隔了一会儿,另外一个医生跑来,恶狠狠地说:"不行!去厕所听水声、闻味道,自己尿!"

我懂了,语言的善恶有时候是一回事,都是为了别人好。

十二小时后我自己尿了。

原来自己能尿尿也是世界上最幸福的事情!

在上帝和医生的面前,人人平等。

活着就是王道

如果说我一点儿遗憾都没有的话,那就虚伪了,我毕竟少了一个重要器官,变得不男不女了。呵呵,我就这样绝经了,不会再生二胎了,我会老得快一点……

舍得,这个真理鼓励着我,能活着就好。

妈妈的唠叨还能在耳边萦绕;小何杨和霜霜送来的香港香水我会很喜欢;毛毛还要带我去买三折店的漂亮衣服;阿代也会天天送我回家;又可以跟阿牛"斗智斗勇"了;我的道德讲堂又可以开课了,下一次讲讲医务工作者的职业道德吧……好多事要我做呢,哈哈哈!

张医生,写下以上的文字,让你知道一个患者的心路历程,真实而有趣,让你们换一个角度思考自己工作的意义。我不能赞美一个人的伟大,但是我们可以赞美一种职业的伟大,和这个职业赋予人的精神层面的伟大。你们用自己专业技能上的自信和人格魅力,完成了一个医生从平凡到伟大的蜕变过程。

我不知道有多少人感谢过你们。但是我知道大恩不言谢,我知道人生多了一份精彩,我知道我们不会忘记对方了,是吧?

另外一种生活方式

在古镇走走停停,我总觉得那些开店铺的外乡人都是有故事的。要么带着故事奔来,要么带着故事离开,要么把整个地方变成了故事,比如说许仙、白娘子和西湖断桥。

那一天,我无意间走进一家很有个性的工艺品铺面,摆设绝对不是有些景点那样的大同小异,那些景点里的货物大多来自同一个小商品批发市场,以至于你看了第一眼就断了看第二眼的念头,因为在家门口也能买到一样的。

男主人坐在屋角,手里正忙着活儿,女主人笑盈盈地迎出来:"随便看看,这都是我们自己做的小玩意儿。"说着,她还随手拿起一个玲珑的笔架解释道:"你看,这个底座是一块黑色大理石,上面立着的是三个天然小灵芝,我在灵芝上绣了花,属于苗绣的一种,是不是很特别呢?"我想,听了这话,你一定跟我一样伸手就想摸摸了。

店里错落有致地摆放了很多纯手工制作的工艺品，小到半个绣了花的蚕茧，大到一座微缩的侗族风雨桥；简单的是一只竹蜻蜓，复杂的是一件绣片背心；便宜的有祥云花的戒指，贵重的有苗家全套银饰。女人用一件一件的工艺品牵引着你的目光，也牵引着你的脚步，最后就套牢了你的心。你能做的就是不停地抚摸，赞叹和生出想拥有它们的欲望。

在柜台的角落里有一个相框，你以为那也许是一件工艺品，但是定睛一看，啊，是年轻时候的女主人，白色纯棉衬衣，浅蓝色宽松牛仔裤，浅蓝色运动鞋，长发披肩，下巴微仰，一脸的清纯秀丽，满眼的桀骜不驯。旁边一张合影，应该就是她和男主人的近照了，人到中年，男人低眉顺目，长发飘飘，女人头发灰白，安详自在，好一对神仙眷侣。

现在，男人手里正忙着修理一只竹蜻蜓，时不时用食指试试竹蜻蜓的平衡效果，也时不时抬头看看他的爱人，嘴角微微上扬，浅浅地笑着。

女人一边介绍，一边用铜壶烧了热水，然后沏了四盅茶，递给了我们，抬一盅给男人，自己也捧一盅在手里，那飘逸的样子像个不食人间烟火的仙女。

喝好茶，她拿起一个用牙签粘的小阁楼，在手里颠来倒去地看着，说："我们在这里待了十几年了，门面是我们租下的，工艺品都是他自己做的，大部分的刺绣是我亲手完成的，有一小部分是去乡下淘宝淘来的，原则是我们俩喜欢就好。"

我越来越喜欢这个环境带给我的内心感受了，拿着任何一样东西都舍不得放下，女人似乎看出了我的小心思，像变魔术一样，隔一会儿就放一个小东西在我手里，不断刺激我的好奇心和求知欲，要么是一对蚕茧刺绣的耳坠子，要么是一双红底绣花布鞋，要么就是一只精致的银镯子。

男人话少，你问他，他就认真地回答一句；你不问，他就默默地随你围观，手里的活儿是不会停下来的，这会儿又在捣腾一块羊皮，说是要做一盏灯。

女人接着说："十几年前，我们是不认识的，我先来的古镇，有一天他路过这里，背着很大的双肩包，头发很长，扎着辫子，呵呵，和古镇很搭调呢！在一家茶楼我们聊了五个小时，然后他就决定留下来，然后我们就在一起了。"

这么浪漫的爱情故事，就这么轻描淡写地说完了，留给我无限的遐想。神仙眷侣，我忍不住脱口而出。他们俩淡然地听着、笑着。也许这么羡慕的游客太多，他们听得习惯了吧。

这不也是我们内心经常想要的生活吗，去想去的地方，遇到想遇见的人，做自己一直想做的事情，收入不多，但是衣食无忧，挺好的。

女人轻松地说："这些工艺品很有意思，有时候我们自己也舍不得卖掉呢，越看越是喜爱，怎么喊价就是不卖，我们是不是很傻！"说着，眉眼间都是笑意了。

我愈加羡慕起来，然后就决定带点宝贝回去，把他们这份生活态度带回去好好品味。我选中了一套芦苇编织的巴掌大的两张椅子和一个小茶几，我把它们放在餐桌上，看着看着，我就把自己缩小了，似乎坐在那里听着来自古镇的传奇，关于爱，关于灵魂和自由。

让我们猜想一下他们的故事吧，细心的我发现女人的右手少了食指和中指，齐齐地断掉了，她头发花白却没有染色，还像当年那么美；男人英俊潇洒，还养了一只狗。我们不知道他们从哪里来，不知道他们曾经遭遇过什么。现在他们就在这里，举案齐眉，恬淡生活，是不是只有这样的古镇才会有这样的生活、自由的灵魂和不为人知的秘密？

路边的野花

河南来的孟老师约我去青岩拍一组外景,我和闺蜜欣然前往,不为别的,陪朋友去古镇走走,顺便推出我们贵州的文化旅游名片,那是很快乐的事情。

十一月底,天气奇冷,潮湿的空气里散落下零星的雨丝,一阵寒风过后,整个人缩成了一团,每个人脸上的笑意却一分也没有减少。

店铺的门如常开着,店家懒得跟你搭讪,一家人围炉闲聊,石板路上也没有几个游人,整个古镇安详地沉浸在黎明才有的静谧里。

我们说说笑笑就到了南门,那里有一个很大的牌坊,孟老师说,就在楼梯上拍一个全景吧,话音才落,就有音乐闯入我的耳朵,正播放邓丽君的《路边的野花不要采》:"记着我的情,记着我的爱,记着有我天天在等待……"声音可真够大的,我们扭脸过去,闺密跟我描述，那是一个乞讨者，坐在不远的路边，脸色黝黑，身体强壮，笑眯眯地也看向我们，身旁有一个小音箱。哎呀，这么冷的天，他还要出来谋生，真的不容易。不知道为什么我随着音乐唱起来，身体也轻轻摇晃，周围的空气都被我和这音乐搅动了，变得温暖而欢快起来。乞讨者笑得身体直摇晃，闺蜜说，身体这么壮实还来讨饭呀，卖劳力做点啥不好，现在懒惰的人真多。听她这么说我也这么想，在古镇做点小生意，帮别人家打打工，也能养活自己嘛。于是我说，要不我去给他励励志，让他重新做人？我们为自己的好管闲事而开怀大笑起来。

我们在南门转了一圈又回到牌坊，音乐声停顿了一下，马上又响起来："我要等待你归来，请你不要把我来忘怀……"闺蜜拉了我一下，"天，我错了！"她说，"我错怪他了，刚才没有看清楚，他没有舌头，四肢也都是残缺的，像是小时候被人扭残的那种，只有躯干是正常的，还有那张脸，满是皱纹，满是愁苦。"她顿了顿说："他是在为你放这首歌。"我的心颤抖了一下，迎面走过去，摸出二十元递给他，我对他说："我看不见，但是你看得见、听得见，对吧，我唱歌给你听吧。"他愣了一下，摆动着残损的手掌重新放了一首黄梅戏《对花》，正好我会唱，便随着音乐用心地唱起来，周围聚集了不知道从哪里来的几个游客，他们马上举起手机拍起了视频，闺蜜握了握我的手，哽咽道："他，哭了，泪流满面，却努力地笑着，对你笑着，残疾的两只小胳膊使劲地摇着，唉……"

我们之间没有对白，没有眼神交流，没有触碰，但是一次我看不见、而你说不出的交流在心里完成了。我们不知道他这一辈子到底遭遇了什么，是天生残缺，还是后天的摧残——遗弃，走失，拐卖，还是别的。就如同我一样，你看到的微笑的背后还隐藏了什么，只有我自己知道。

你，路边的一朵野花，几十年，春去秋来，开了又败，败了又开，卑微着，倔强着，无奈着，存在着，努力地活着。

知道吗，我是那一阵风，你就是那一株花，我们相遇了，在青岩，我的经过让你快活地摇曳着，含泪微笑着。

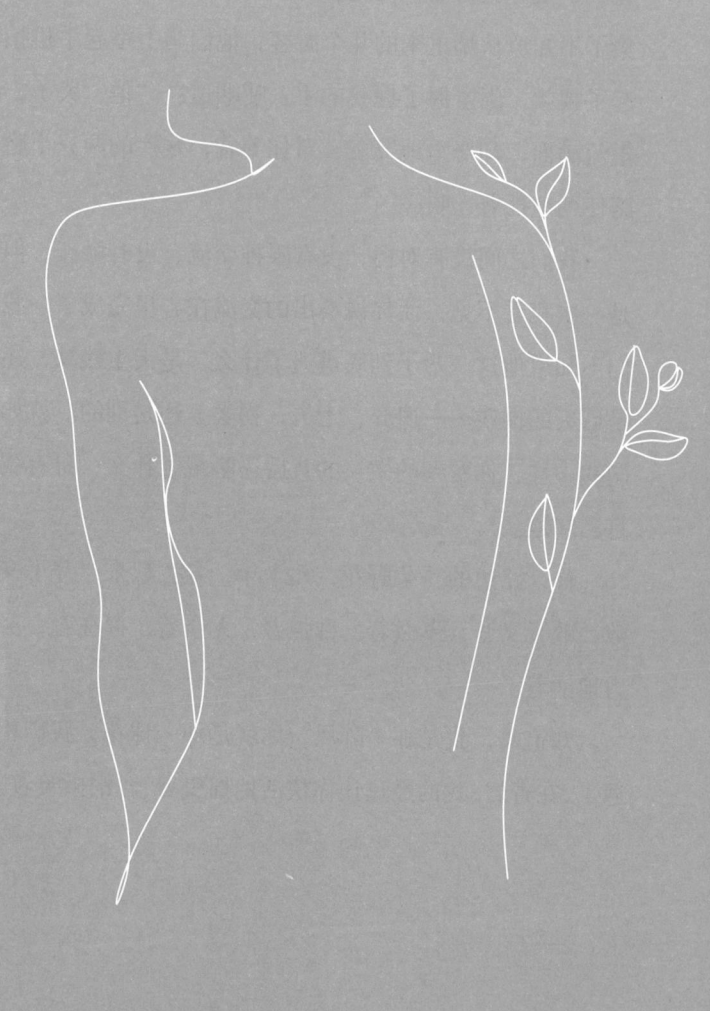

有人问我
看不见是什么感觉
那是浓雾弥漫
明明知道整个世界就在那后面
花鸟鱼虫
风雨雷电
却怎么也看不见看不见
别再问了
请别再问我了
残缺是我永远的名片
微笑却是你镀金的请柬
请给我一个饱含深情的拥抱吧
我就是你心里那片明媚的天

何保安之生死篇

何保安本名就叫何保安。

知青下乡那会儿,何保安在生产队里放牛。

那天,他骑牛上山,太阳大得使人睁不开眼睛。牛慢慢晃着,他迷迷糊糊地打着盹儿,牛身上痒痒了,就往一根木头高压电线杆上蹭,蹭了好一会儿,电线杆发出咯吱咯吱的声响,甚是欢快,何保安潜意识里感觉到了一丝危险,他眼睛没有睁开就往地上一滚,拔腿就狂奔起来,在他的身后传来电线杆"咔嚓"一声巨响,还伴着老水牛一声闷哼,然后就有人喊"牛起火了!"牛真的起火了,他也看到牛起火了!牛被高压电电死了,焚化了,同时被焚化的还有一棵松树和何保安的半只鞋子。

老支书赶上山来的时候,一脸的泥汗,他喘着粗气、拍着大腿,对着一大堆黑炭说:"保安完了,保安完了!

肯定被火化了!"

何保安坐在很远的一棵大树下,淡然地抽着烟,慢悠悠地说:"谁说我死了,那我是谁呀?"

队长哭得更厉害了,我的牛呀!啊啊……生产队的牛啊……啊啊!他改哭这个了。

何保安听着却很悦耳,因为听得见。

一群工友闲坐无聊,摆起了龙门阵,摆着摆着就吹起了牛。一个说自己一个猛子就游到了河对面,一个说自己一个猛子下去可以五分钟不上来,何保安说自己不用划水都能漂来漂去,且绝对不会沉底。大家炸锅了,这牛吹的,一个工友说:"我给你一百元,你给我来一个不沉底的!"一百元,那时候是一个月的工资呢,年轻气盛的何保安看了他一眼,说:"一百哟,说了就是!"说完一个猛子他就扎进水里,谁知道他下去的地方有一个圆滑滑的大石头,整个身子在水里翻转一百八十度,一脚正好踩在上面,旁边紧接着来了个大漩涡,人就卷不见了,工友们还在岸上等他漂起来呢,半个小时都没能等到,这下大家心里没了底儿,这是为财寻死的架势啊!人呢?大家伙儿喊了半天,见没有反应便一哄而散,人命关天,谁敢担这个责呀,快走吧。

何保安迷迷糊糊地随漩涡转了两圈,找不到方向,心下却想着,自己这条命就值一百元,自己还不一定得到用,心一横,随波逐流吧,这一随就随到下游十多里之外了,被一个捞沙船发现并捞了上来。

一捞上来他就清醒了,船夫惊喜地喊道:"嗨,是个活的!"何保安愣愣地说:"那可不,我还得回去拿我的一百元牛皮钱呢。"

船夫大笑:"跟你吹牛的那个家伙怕是早淹死了吧!"何保安幽幽地说:"他没有下来,他拿着钱在岸上等我。"船夫又笑:"你这是想死给他看!"

工友没有给他钱,他也不再提,只是记住了这次教训。

何保安能死里逃生的本事传开了,但是并不是人人都这么幸运,你能逃,厄运就会不怀好意地来找。

那一天,他突然觉得肚子疼,不是胃里撑多了的疼,也不是吃坏了肚子的疼,更不是饿饭的那种头晕目眩的疼,反正是往死里疼。

他被家人送到了医院,蜷缩的身体,苍白的脸色和满脸的汗水足够证明他不是装的，虽然平日里有时候为了偷懒会撒谎说哪里不舒服，但这次是真的。

医生检查完了说是急性胰腺炎，很严重，还嘟囔了一句："今天是咋的啦，来了五个一样的。"

前面四个依次被推进了手术室，然后又依次被推了出来，出来一个走一个，一拐弯都进了太平间，廊道里哭声就没有断过，那叫一个凄厉。

何太太受不了了，心里一阵紧过一阵，这是奔死的速度啊。"妈——"她轻轻喊了一声婆婆妈，眼泪就下来了，婆婆妈也喊一声："我的儿——"不知道喊的是她的儿还是儿媳妇，喊声未断，护士就来推他进了手术室，他也听到了家人的啜泣。

等他再一次被推出来的时候，他似乎听到走廊里哭声又是一片，这是谁死了？他迷迷糊糊地想，管他呢，反正死的不是我。

也不知道过了多久，他醒了，并没有马上睁开眼睛，他太疲倦了，觉得身体的某个部位很不舒服，静心想了想，嗯，是渴了，还饿了。他正准备张嘴，就听到何太太声音哑哑地哭道："他迟早也是要走的，但是不要这么早嘛，我的命怎么这么苦呀！前面那四个怕是都烧成灰了,就等他了……"何保安眼睛猛然张开,恨恨地说:"哪个说的,胡说八道!还不去给我弄点吃的来,最好是稀饭馒头,饿死了,饿死了!"

一家人瞬间石化,死不了,死不了了!还会要吃的!

一晚上五个里面就活下他一个,典型的福大、命大、造化大。

何保安本名就叫何保安,父母的祝福都在这个名字里了,要保佑他一辈子。

神仙也怕你

老王乃神人也。老王首先是个好人,好事做多了做过了头,就不免被人误会,一时谣言四起:对人那么热情,一定有问题,这老王有点神经兮兮的,你们不觉得吗?

老王敢给自己拔火罐这事就很神,这也是我崇拜她的地方之一。一天,我突然腰疼,站起来就坐不下去,坐下去就站不起来。她看见了很是心疼:"走走走,我给你拔了火罐就好了!"我十分感激而信任地跟她去了。

只见她把一块脏玻璃往天上一抛,"咔嚓"一声玻璃落下来碎了一地,她从那里挑选了最尖锐的一小块儿在眼前晃了晃,自信地逼向了我,说:"不要怕,保证手到病除!"在她的操作下,不可遏制的疼痛一下一下刺向我,到第九下的时候她大喝一声:"不出血才怪!"我的心痛到慌乱,后悔了,但是后悔一般情况是无法改变现状的,我选择了晕倒。

魂魄从痛苦中挤压出来,飘飘荡荡进了一个大黑洞,渐行渐远;老王的声音也由大变小,渐行渐远。我最后听见她说的一句话是:"才只是扎了几个眼眼,怕不会那么严重吧?"此后,我便一无所知了。

当我有幸还阳的时候,见老王蹲在我的面前无不担心地说:"妈呀!她不会真的死了吧!"我睁开了沉重的眼皮恨恨地看着她,她故作轻松地说:"我还以为你死了呢。"但我分明听出了她的惭愧和胆怯。

我低头一看,哈哈哈,不知什么时候我的腰上多了三个火罐,样子骄傲得像老王一般!

老王为了证明不是蓄意谋害我,拣起一块破玻璃往自己小腿上猛刺几下,还拔了几个火罐在上面,我擦去脸上豆大的汗珠,慨叹道:"真乃神人也!"

我们喜欢和老王去旅游,和这个神人在一起不会饿饭,一路上饮山泉、嚼野花、品野果、摘野菜,捞个半饱没问题。随便走到一户人家,她就高声地打着招呼:"妹,你长得好漂亮!哥子,你长得好帅气啊!你家的老腊肉也好香哦,十里之外都闻到喽!"乡下人家一般都极其淳朴,一般也会说:"来来来,不嫌弃就一起吃嘛。"哈哈哈,正中她下怀,席间欢声笑语,推杯换盏,甚至载歌载舞，好不热闹，捞个大饱不说，还交个好朋友下次再来打扰，神仙下凡来也不过如此啊。

老王的勤学好问也是堪称一绝，学完"四书五经"后她开始涉足中医领域，据说她自己的七经八脉都快要打通了。她还在朋友和同事中大力推广这门传统技艺，有人说她好，自己苦海无涯还能普度众生；也有人说她神，自己一身是病还胡说八道、坑蒙拐骗，难以令人信服。但是她不管这些，每日里乐在其中，见了我就拉着我的手，这儿捏捏、那儿揉揉，很有些道道，很有些意思，很有些舒服。

老王不去想别人的看法，"我就是个业余爱好罢了。我先把自己医治好了才有说服力！"她想的就是中医是好东西，好东西就应该拿来与人分享，仅此而已。

老王敢在人前开口唱歌，说自己是阿幼朵的姐姐；她敢在头上戴一朵大花，说自己是杨二车娜姆；老王敢自豪地说自己是原生态女人，活得自然，活得潇洒，活得有自我，这就够了。

神游在自己的内心，神游在大千世界里，做个神人挺好。

戏说老钟

钟老师是个可爱的人，他退休了，我们时常会想起他。

这么多年来，和我们共事，他的内心和相貌大体一致。钟，谐音忠厚的"忠"，他看上去相貌的确忠厚老实，人长得敦敦实实的，背也长得宽宽厚厚的，一看就是靠得住的男人。

老钟名字里有一个"方"字，他的脸也是方方正正的，思想行为也是"方正"的，不知道是名字约束了他，还是他应和了自己的名字，反正这个老党员，直到退休，也没有违法乱纪过。

老钟名字里还有个"才"字，他确有其才，干了这么多年的老教务主任，大伙儿还是很认可的。他曾经为我做过一个写字卡，方便我这个逐渐走进黑暗世界的人，帮我把字能够规范地写在格子里，让很多人诧异得不得了。

　　二十多年前他就满脸褶子，二十多年后，还是那么多褶子，笑起来跟朵老菊花似的。"老菊花"特别喜欢跟大伙儿开玩笑，大家伙笑了，也喜欢倒过来调侃调侃他："老鬼，你能从荷包里掏出五块钱来，我就翻倍给你。"他就收了菊花般的笑容，一脸正经地说："这样要不得嘞，不能欺负老同志，不能欺负一个老人家。"有同事顽皮，硬是去掏他的上衣兜，真的只掏到一元九角钱，他就又笑成了一朵老菊花，道："有钱没钱，都给了老婆好过年！"

　　他的心态挺不错，只可惜心脏不太好，搭过桥，平日里不敢大悲大喜，很多时候我们都挺心疼他，开玩笑的时候还算有分寸，尽量不让他开怀大笑，打麻将的时候也不敢让他输赢太多，怕他心脏突然受不了。可是他呢，总喜欢不动声色地说出一些让我们大跌眼镜的话来："不得我跟你们玩，生活一定不完满！"

　　记得当年他学说普通话时，特别认真，还让我亲自教他，我说"国旗"，他说成"过气"；我说"三角形"他说成"撒个习"。我费了九牛二虎之力也难以把他从方言的"歪门邪道"上扯正。他还有一个撒手锏，那就是用织金的土话唱各种流行歌曲，还能把最纯正的流行元素哼成最地道的山歌小调，宋祖英唱的再好听的歌从他那里过一道绝对就是织金乡下的二娘，一般人是听不下去的，听下去的人都笑喷在地上，"难听得很"！

记得有一年，学校规定校委发言要用普通话，他憋了半天，满脸的"黄菊花"就扭成了一朵紫红色的菊花，说道："闹四们，该哦讲几格四钱啦！（老师们，该我讲几个事情了）"下面的老师已笑得前仰后合、东倒西歪了。就在这种混乱局面里，他以一个共产党员的标准严格要求自己，把他那普通话坚持到底。

如果用《三国演义》里的人物来形容他的话，我觉得他应该是鲁肃——为国家忠心耿耿，为事业勤勤恳恳，为人处世方中带圆、圆中带方，他的老谋深算都藏在他的老褶子里了。教务工作很繁杂，大多时候要周旋于人来客往中，遇到脾气好的，他就软得像团泥；遇到脾气暴躁的，他居然也假装把脸拉得长长的，令人有点心虚呢！大家都知道他脾气好，并不怕他，但也没人欺负他；没人欺负他，是因为我们怕他死了，这种老好人我们是舍不得让他死的。

想到人都会死，我们有时候也会拿死来开玩笑，我说，钟老师，如果你先死了，你会把眼睛捐给我吗？他说肯定会。但我担心如果我真的得了他的眼睛，以后看见美女的时候，眼光会不会色眯眯的，不知因此还会说出什么不中听的话来。我说钟老师，如果我先死了，我就把我的心脏捐给你，你愿意要吗？他说愿意。我很庆幸我还算善良，把心给了他，不至于让他变坏。他笑着说，那你就写一篇文章，题目叫《你的眼睛，我的心》，我想我和钟老师没有更多情感上的瓜葛，实在写不出什么缠绵悱恻的文字来，于是，就写了以上的内容。呵呵。

小孔遇鬼记

小孔是我以前的同事,我戏称他为"缺了页的百科全书",他很擅长说故事,他的故事会让你回味悠长。

他曾经说过他遇鬼的故事,令我至今难忘。他说,世上本没有鬼,说的人多了,便就有了鬼。

从前他住在黎平,家就在黎平县某医院里。有一天小孔傍晚放学回家,拐过昏暗的墙角,一个黑影立在那里。黑影缓缓回头,他定睛看时,头皮处响了一个炸雷,整个人定在那里不能动弹,是人?是鬼?是妖?是怪?一张干皱而苍老的皮蒙在一个骷髅上,头发长而凌乱,在风中颤抖。突然,黑影伸出两只爪子,手指像许多打了结的枯藤,指甲壳足有一两寸长,漆黑而尖锐,嘴里还伴有咕噜咕噜含混不清的声响,有猛向小孔扑过来的架势。小孔头皮处又响了一个炸雷,用最后残存的一点力气跑回了家。一进门便说:"爸,我遇到鬼了!"定下神来,他简单描述了一下,鼻尖上又渗出了细密的汗珠。他爸温和地笑笑说:"她呀,都吓倒好几个人了,是个五保户,没有去处,也没人管,政府把她暂时安置在医院里。"啊,虚惊一场,原来如此。

住在医院里的人,只要在深更半夜听到一些莫名其妙的响动,总是要和鬼扯上点关系心里才踏实。大家伙坐在一起,难免又会扯到死人和鬼的身上去,如果兴致来了,还会接二连三说一大堆鬼故事。那天晚上几个人在值班室里就是这样子的,说的人说到兴头上,唾沫横飞;听的人毛骨悚然,难免还会加一些自己的想象。说的人背对着窗子,听的人中只有小孔正好面对窗子,说的人神秘兮兮地说:"鬼,就来了!"小孔一抬头,鬼真的来了!这是一张怎样的鬼脸啊!脸大如盆,眼睛通红,喷着火,鼻子大而扁平,长到一侧脸上去了,血盆大口,还有两颗阴森森的獠牙!一股凉气由脊椎直冲向小孔的头顶,他的每个发根都冒着寒气,整个人打了一个寒噤,脸色惨白,然后嘴微张,手指着窗口,说:"鬼……鬼……鬼啊!!"一屋人同时看去,瞬间每个人身上都有了寒气。在大家的注视下,鬼脸不见了,很快传来了很重的敲门声,一屋人吓得心怦怦乱跳,面面相觑。门猛地被推开,一个醉酒的主任闯了进来,嘴里还骂骂咧咧道:"我把脸贴在窗子上喊你们,你们没听到啊?嗓子都喊哑了,鼻子都压痛了。"一屋子人长舒一口气:"妈呀,是人啊!"人吓人,吓死人,看来此话不假。这个笑话成了每一次讲鬼故事时的开场白,经久不衰。

有人说,夜路走多了,总要碰到鬼。小孔说,早上看错时间起早了,也会碰到鬼。他就碰到过一回,把凌晨4点看成了5点,早早地就去医院的小径上锻炼身体,那天他觉得天特别黑,四周特别安静,跑了好几圈,天还没亮,正纳闷,突然间迎面看见一个大头鬼,头大如牛,牛脚冲天,身体扭曲前行,脚步有些踉踉跄跄,一手拎一个镏金大锤,难道这就是传说中的牛头马面?小孔定在原地纹丝不动,本想等他当头一锤,却没想到当鬼和他面对面时,猛然尖声怪叫,转身就逃,转身之时还丢弃了那两个大锤,哐哐作响。小孔缓了缓劲,定了定神,拖着灌了铅的双腿回到家,对家人说:"我今天又遇到鬼了!"家里人直笑他:"又昏头昏脑起早了吧。"他吓坏了,也没怎么解释。到中午的时候,医院宿舍传开了一个消息,早上看错时间的大妹去挑水,在灌木丛旁撞到了一个大头鬼，眼珠子有200瓦灯泡那么大、那么亮！"妈呀，她看见的难道是我吗？我从小就戴眼镜，她看到的一定是我反光的镜片！"这时，小孔想起来，大妹平时是扎两个羊角辫的，那镏金大锤不过是两只大木桶！

世上本没有鬼，只是信的人多了，就有了鬼，哪个人没有遇鬼的经历呢？老屋墙上那些斑驳的墙皮，路边松林里发出的那些莫名其妙的响动，长满青草的坟头都会让我们想到那里一定有鬼。那鬼到底在哪里呢？它呀，就在每个人的心里。

心里有鬼，那就有鬼，生活中的人不也经常被人称为"鬼"吗？比如，烟鬼、酒鬼、色鬼、财迷鬼、小气鬼……不也鬼气冲天吗？

但古人也说，牡丹花下死，做鬼也风流。看来有些鬼也是有人愿意做的。

花开错时

小时候我家的院子里栽着两排夜来香。夏天的黄昏，那娇嫩的花苞隐隐透出里面花瓣的鹅黄，整个花苞胀鼓鼓的，绿得朦朦胧胧的，有些许神秘。我会忍不住用手去捏捏它，软软的、柔柔的。劲用大了尖尖的顶端就会轻微地"噗"的一声裂开一个口儿，像一个孩子惊讶的表情，花苞随即被撕开，里面果真是抱成一团的花瓣儿，在我的拨弄下害羞地扭捏着，无可奈何地慢慢展开，是那样的不自然，就像一个跳错了舞步的小女孩，尴尬地发着呆。半小时之后，其它胀鼓鼓的花苞相继都开了，宛如一个个沐浴的少女，轻轻扯着她们的绿纱裙，花瓣轻柔地舒展着，直到完全展开，四周围开始幽香浮动，与如水的月光相应和，而先前被我强制开放的那朵花已然在夜色里显出了病态和倦容，我自愧做了不该做的事情。

花开花落本是很自然而美好的事情，顺应就好了，违背这些就叫人为。人为合在一起就是一个"伪"字，伪就是违背自然。

这就让我想起了一个女学生的命运，她天生丽质，笑颜如花，她那自然纯朴的微笑和清澈见底的目光征服了评委，成功入选某大型活动的形象大使，大街小巷的橱窗、车窗都是她的大幅宣传照，照片里的她已脱胎换骨，俨然成了时尚小明星。从此，十三岁的她陷入了采访与鲜花的包围之中，各种赞誉扑面而来，她陶醉其中。而这本不是她这个年龄可以承受的，她不想上课了，不想读书了，不想跟同学们玩耍了。然而随着活动的结束，她的美丽在人们心中慢慢淡去，小小的她还沉湎于幸福的幻想中。

后来，她没有读高中，没有就业，也没有谋求某一方面的发展，十六岁的她居然嫁人了，据说她很快就要做妈妈了。在我们看来，是一瞬间的突变，而对于她，是一个三年的蜕变。三年中我不知她的内心有着怎样的变化，是憧憬，是幻灭，是忧郁，还是沉沦，可这最初的改变不就是人为的吗？一个曾经的花季少女，本应该是花骨朵儿，却人为地让她早早开放、早早凋谢，留下了一个残局，或被人惋惜，或被人讥讽，或被人慨叹，或被人悲怜！

这背后发生了什么呢？谁也不知道。

有一些事情放在一起看，本质是这样的相似。

最近看到一幢大楼要开盘了，几条横幅遮了半条街，红底白字赫然写着：热烈祝贺某某小区提前半年封顶。每每看到这样的宣传，我都不会感到欢欣鼓舞，反而胆战心惊。为什么不按预定的工期完成呢？因为时间就是金钱，因为省工就是省钱吗？那看看我们忽视了什么，混凝土的搅拌够时间了吗？配料按比例了吗？脚手架绑牢了吗？砖缝对齐了吗？钢筋用足了吗？工人疲倦了吗？工程师偷懒了吗？质检员喝醉了吗？老板们扯皮了吗？售楼小姐吹牛了吗？有多少楼房和桥梁在提前竣工的锣鼓鞭炮声中和飘扬的彩旗面前轰然坍塌！尘土久久不愿散去，像建筑物悲痛的冤魂，不但遮住了人们惊愕的表情，还掩盖着获利者仓皇而逃的背影，瞬间用废墟悄然垒砌起许多新坟！这一直是我对提前竣工的担忧，但在许多地方却变成了可怕的现实。

呜呼！花开应有时，何必错开之。

蜂子来了

暮春，空气里弥漫着花草浓郁的香气、汽车浓重的尾气和小吃店门口泔水发酵的混合味道，树荫下坐着几个闲聊的老人，有两个身旁还黏靠着蹒跚学步的小孙子，一切都显得那么安详。

嗡，先是飞来一只小蜜蜂，在花坛里穿梭来去，老人们视而不见，小朋友的目光却追随过去了，"虫虫，小虫虫！"他们喊。爷爷奶奶把他们往怀里拉了一下，提醒道："小心肝儿，小心，我们湖北人喊它蜂子，有刺，扎疼你的胖脸蛋，扎疼你的肉屁股哟，哈哈哈！"他们继续聊着过去的那些人、那些事。

嗡嗡嗡，两只、三只，五六七八只，蜜蜂越来越多了，人行道的花坛边上也多了春天的生机勃勃，两个小朋友更是欢喜了，目不转睛地看着这些"小热闹"，口水都笑出来了。

嗡——

当这个声音响成了一种混沌音,让人头皮发麻的时候,老人家才有了反应,他们一起抬头往天上看,天啊!他们看到了什么!花坛里的那棵小树分叉处纠集了一个篮球那么大的蜜蜂团!大家伙儿头皮又是一阵发麻,马上起身,迅速离开,远远围观。

路人越聚越多,嗡嗡嗡的人声也像蜜蜂鸣叫。

有人说,怕是从山里逃出来的,现在的环境变坏了,蜜蜂在山里也待不下去了。

有人说,谁家养的吧,跑出来了,不然没有理由这么大一群。

也有人说,这小区环境真不错,引不来凤凰,引来蜜蜂也是好的。

外围的蜜蜂飞来飞去,忙进忙出,有人开始担心起来,这要是不小心惹着了,咋个办?

正议论纷纷的时候,有个小伙子拿着一个硕大的塑料袋,挤进人群,满脸不屑,"让一下,让一下,这是我养的蜜蜂。"他喊道,"别挡着我好不好!"人群闪开一条缝,他走到树下,深呼吸,踮起脚尖,高高举起塑料袋,袋口朝着蜂团慢慢兜过去。突然,有两只蜜蜂没头没脑地撞在他的脸上,然后又有五六只围着他打转。三秒钟,前后就三秒钟,有一半的蜜蜂炸开来,"轰!"猛然转身向他发起了攻击,"啊——"小伙子一声尖叫,抱着头就蹲下了,树杈上剩下的蜜蜂又炸开一半,俯身冲下来,小伙子的头顿时比篮球还要大了,在地上打起滚来,一声一声地惨叫着,场面相当惨烈。

一瞬间,人群呼啦一下倒退好远,每个人的脑子里都"嗡"了一声,鸡皮疙瘩出了一身,有人甚至躲进了附近的小吃店。

人群里还是有胆大心细的,用衣服包了头脸,拿了树枝来救他,好一阵子忙乱,大部分蜜蜂又回到了树杈上抱成一团,地上也有几十只残兵败将,背朝地上打着转,翅膀颤抖着,估计是活不了的。

小伙子的脸迅速肿胀得看不到五官了,先前惨痛的号叫声让人不寒而栗,后来嘴里的嘟囔声又让人忍俊不禁:"早知道我就一把火烧了它们……"还有劲儿说这个呢!他被人搀扶着去了医院,背后落下了一片埋怨、嘲笑和同情声,财迷呀,啥财都敢贪,傻了吧,这回可长记性了吧。

这个壮观的蜂团不断被人围观赞叹,直到黄昏来临。

一个老者，匆忙赶到树下，点燃了什么东西，徐徐冒出了烟雾。只见老者左手拿着东西去熏蜂团，右手举着一个大篮子，蜜蜂就像着了魔一样，陆陆续续飞了进去。真的是一根烟的工夫，整个蜜蜂战队就被收编了。

老人从容地做完这一切，便飘然离去。

老神仙，好身手，有人说他就是个养蜂人，没有啥特别的，术业有专攻嘛。

这个故事是真的，我亲眼所见，骗你我就被蜜蜂追一回。

我选择了原谅

那天去省里开会,时间紧迫,道路拥堵,想想就让人担心,迟到了多难看呀,那么多双眼睛盯着你,你还能满面春风地走进去吗?

第一辆的士被拦下来,司机用眼神示意可以搭我们,但是他一直在打电话,于是同行的赵姐没有办法跟他交流——愿不愿意去我们的目的地?是一口价还是打表记账?有没有发票?他不作回答,只是一个劲儿地打他的电话。最后意外发生了,他居然招呼都没有打,踩着油门开走了,头也没有回!

你要不要来个原地跺脚,表示一下你的极度愤怒?反正赵姐是跺脚了,"诚信呢?!"她说。

隔了一会儿,我们又拦下了第二辆车,小伙子睡眼惺忪,"去哪里?"他气若游丝地问,赵姐怕他这次又跑了,忙说:"等一下哈,请你等一下,我这里有个眼睛不好的朋友，她的动作慢！"那司机看了看她，居然同样令人吃惊地开跑了，留下一股尾气、一个原地爆炸的赵姐和一个茫然无措的我。

"怎么会这样！"赵姐以维权的心态掏出了手机，手忙脚乱地拍下了车牌号，"投诉这个不讲道理的小坏蛋！"我们一起说。

"完了，完了，刘老师，我们肯定要迟到喽！"她无奈地说，"到时候你要解释一下，是缺德的司机造成的，不是我们的错啊！"

对，要投诉，拨打1027，还要拨打阳光952，让他在同行面前丢脸，他们居然敢莫名其妙地拒载。

又等了好半天，终于拦下第三辆的士，啥也别说，我们拉开车门就上去了，来了个先斩后奏。

"师傅，对不起，省政协，快一点，赶时间呢。"赵姐像打机关枪一样，"前面有两个坏心眼的司机不讲诚信，答应好的，说跑就跑了，害得我们就要迟到了，看看看，我还拍了照，我要投诉他们！"司机默默地听着，慢悠悠地回答道："阿姨，你也不要这么生气，干我们这行的也有我们的难处，他们一定是有原因的，谁不想多拉几个客人多赚几个钱呢？人嘛，大多数是德性好的，难免有几个心情不太好的，正好被你们碰到了，没有关系，我会按时把你们送到的。"他这么一说，我们的心就踏实了，气也消了一半。

为了调整好赵姐悲愤的心情，我连忙说："是啊，互相理解一下吧，有好几次我打车，司机死活不收钱，说是做一回志愿者活雷锋，心眼儿好的人多着呢。"赵姐也笑了，马上补充说："是啊是啊，今天有点特别，平时遇到的好司机居多，我也是着急，怕把刘老师你弄迟到了，又是颁奖，又是演讲，不能影响到你的心情嘛！"

司机放慢了速度，回头对我们说："看来，今天，我也不能收二位的车钱了。"赵姐和我马上解释，不是这个意思，该给多少是多少，我们只是这么一说。

司机笑道："刘老师，我是您的学生金贵呀！要不是这个阿姨说您眼睛不好，我还没有注意是您老人家呢，呵呵，缘分啊缘分，我今天太幸运了，七八年没有见到您了！"

世界就是这么小，事情就是这么巧。

我偶遇了我多年前的学生，我的金贵，我的物理科代表，我的小倔驴！

我马上拿出一本我的小说《花开十年》递给他。我眼里噙着眼泪说:"回去找找看,里面有你的影子,我用了很长的篇幅塑造你。"我听出了他的激动,还有无以言表的快乐。一瞬间我们刚才等车的焦虑没有了踪影,担心迟到的不安也烟消云散了,甚至一点儿也不恨那两个司机了。投诉,算了,这才是最好的结果,我原谅了他们,是因为我得到了更大的惊喜。

在大礼堂里,我怀着感恩之情讲述的第一个故事就是我和学生金贵的美好邂逅,赢得了满场的掌声。感谢生活中很多暂时的不如意,多一分善良,多一些包容,多一点耐心,因为美好就紧随其后,不会错过你。

哭来笑去

最近身边少了两个人,都很年轻。一个是直肠癌,临死的时候,他拉着妻子的手说:"我要睡着了,你就把我喊醒,我不想离开你。"另一个是肝癌,弥留之际,他拉着儿子的手说:"你快没有爸爸了。"眼里流露出无限的凄凉。看到这些,我心里总是隐隐作痛,是因为他们的年轻,是因为我熟悉他们。当所有的人悲痛万分、泪流满面时,我却哭不出来。

我想起在医院办公室里,见过一个完整的人体骨骼标本,在我还看得清楚的时候。首先我很恐惧,不敢多看一眼;后来就是好奇,忍不住要多看几眼;再后来,居然有一种莫名的亲切,因为我发现骷髅是有表情的,是那种坦然的、释然的、无拘无束的笑!他可能是个男人,也许很年轻,因为他的牙排列得很整齐。他笑什么呢?笑医院里来来往往的陌生人,看他们忙碌,看他们愁苦，看他们快乐，也微笑地看着我。我怀疑人死后一定是快乐的，灵魂去了天堂，去追求另外一个开始，要把这个无用的躯壳留在凡尘，不再背负人世间的各种繁杂情愫，只单纯地留下一种心情——喜悦。他也许最想笑妇产科吧，他第一次见到世界也是在那儿，那里的小家伙都在哭，为未知世界的恐怖而哭，为错投了人胎而哭，为选择错了父母而哭。有的哭声高亢雄壮，有的则气若游丝，好像很不情愿的样子。而周围的人都笑着，迎接这个新生命的到来，一时间人们忽视了什么，只有那个骷髅明白……

我逝去的朋友没有这么好运，他们先是灰飞烟灭，然后安息于方寸之间。我想我也会死，和他们一样。但我希望我能再活得久一点，老得不能动了再死去，死后我也可以被做成一个骨骼标本，笑着立在那个骷髅旁边，看世人哭来笑去。

知己如针

裙子上掉了一颗扣子,我赶紧喊儿子去找来针线,儿子说:"妈妈,你只有最后两根针了,一大一小,但是这两根针你却用了很久很久,每次都是我帮你穿针线,呵呵,我认得它们!"我笑了,开始缝扣子。我猜想,不会有几个人相信我会做很好的针线活儿,那针在我手里就像长了眼睛一样,穿梭得自如而精准。我得意地笑了一下,手却一偏,针尖扎到了我的手指,渗出了一滴血,这一丁点儿突如其来的疼痛让我想起了什么,谁的一句话,还是谁的一个眼神……

原本我是有很多根针的,用一次就随意地放一次,久而久之就所剩无几了,当只剩下最后两根的时候,我知道我不能再把它们弄丢了。就像从小到大我有很多的朋友一样,玩着玩着就疏远了、遗忘了,甚至翻脸了、换人了,像走马灯似的。到了懂得珍惜的时候,或者是应该珍惜的时候，朋友就所剩无几了。但是这剩下的恰恰是最长久的，最牢靠的，最需要的，也是最懂我的。

针线啊，缝补的不只是衣裙上的破损，有时候它缝补的是流逝的岁月和岁月里破碎了的记忆。所以，针啊。就是朋友，就是知己，是他们串联了我生命的片段，在我的童年里，在我的青春记忆里，在我即将老去的岁月里。它们把快乐、阳光、真诚、感动、遗憾和悔恨缝缀在我的衣裙上，让我看上去完整协调，让我看上去丰富多彩，让我看上去和常人无异。在我虚荣时，轻轻地扎疼我，让我冷静、平和，放下一些浮躁；在我散漫时，扎疼我，让我加快脚步，与他们并肩前行；在我骄傲时，扎疼我，让我知道自己就是一个凡人，得意忘形没有半点儿好处……

朋友多么重要啊！

可现在有人说，从前是"久逢知己千杯少"，现在是"千杯过后无知己"，说得太过于无奈和伤感。知音就这么难觅吗？也许你觅知音的时候是在酒桌上，千杯过后你还能相信他说的哪几句话呢？所以还是前人总结得对，你要带着知己去喝酒，才会千杯不够，才会酒后吐真言。即使大醉又何妨！那我们怕的是什么？是怕找不到知己，还是怕失去知己呢？不，怕的是知己真诚的眼神，对你说的那几句刺耳的真话吧。

朋友本来就是阶段性的，随着年龄、环境、心境的改变，来来去去，远远近近，深深浅浅，多多少少。这是一个很自然的规律，不必叹息，也不必遗憾，该来的就让他来，该去的就让他去吧！就在这样的人生起伏中，能留在你身边，像影子一样跟着你的，这才是真正的朋友。曾经有学生问我，刘老师，你眼睛得病以后，有朋友离开你吗？离开后，你心里难过吗？我说："有人会离开呀。但是，这种情况下离开我的，他一定不是真正的朋友，那我又何必难过呢？"

友谊啊，要用人生的喜悦与悲哀来锤炼，用生命中的幸福与苦难来浸泡，再用人间爱的汗水和泪水来沉淀。能与你同悲同喜，尤其在你心浮气躁时给你来一场警醒的倾盆大雨，那才是最好的朋友。

茫茫人海，知己如针，我要找到他们，一一珍藏，用针线缝缀在深蓝色的夜空中，是他们串联了我闪亮的日子，让我在黑暗里感觉不到寂寞悲伤！

你们是谁,我是谁

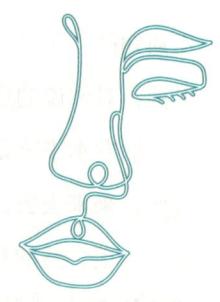

小胥平日里话很多,也幽默,如果沾点酒精就更了不得了。有一次,他在喝了两瓶啤酒之后跟我讲了一个小故事,我笑了好久。

那是一个酒局邀约,他手头工作多,还得向老婆大人当面请假,给孩子做好晚饭,所以耽搁了很久才得以成行。

进入包房,一桌子人喝得正酣,做东的人赶紧站起来,挽住他的胳膊,满面通红,口齿不清地说着:"来,来,来晚了就要自罚三杯……杯……杯的!"小胥红了一张老脸坐下来,环视一圈,哈哈,都认识的,放下心来先跟主人喝了三杯。

他本来是想跟大家挨个打招呼的,可是一桌子人各忙各的,有侧耳倾听的,有托腮发呆的,有开怀大笑的,有勾肩搭背说悄悄话的,也有拉拉扯扯劝酒的,整个包房里除了酒肉混香，就是人声的嘈杂了。

奇怪了，怎么就没有人跟自己搭讪呢？小胥略显尴尬，只得认真听大家说话。

小胥听了一会儿，却听不清楚他们在说什么，主要是听不懂！这么忘情，这么投入，好像无视自己的存在，顿时心里好大一片失落。

做东的还算清醒，他歪歪斜斜凑过来搂着他的脖子又敬了三杯酒，然后让他多吃菜，小胥感到了些许温暖。小胥吃了一会儿又慢慢觉得无聊，只得自斟自饮起来，五六杯下肚之后，头晕乎乎的，嗯？怎么回事，哈哈，他们说的话全能听懂了！

老李说的是奋斗到了副科级就算革命到头了，冤死；老张说的是新来的小年轻光会说话不会干活，烦死；老王说的是孩子高中了还不用心读书，气死；大刘说的是前任想跟他回头做夫妻，笑死；大赵说的是朋友拉他下海做轮胎生意，他说还不如开个诊所专门打胎，赚死；小彭说的是女方家催他们结婚,彩礼要得太高，累死……小胥马上参与进来，我说两句，老婆太能干了显得自己很无能，在家里处处受打压，羞死！马上赢得一片叫好声。是的，是的，是的！他们说，是的，是的，是的！

自己刚才是局外人,现在终于同频了。

酒是粮食精,越喝越神经;酒是催化剂,越喝越紧密!一点也不错。

袁老师遭遇了另外一种尴尬局面,与小胥的异曲同工。

她本是一个普通老师,后来因为教而优则仕的缘故当上了教务主任,才几天,她就明显地觉得学校的氛围变了。有好吃的、好喝的、好玩的没有人喊她了;跟她碰面,打招呼也是点点头就算了,没有了以往的热情,甚至她主动打招呼,大伙也都显得爱搭理不搭理的鬼样子,她顿时觉得心慌意乱起来,以前人缘很好的她觉得大家在逐渐疏远自己。

有一天,她看到几个老师在低声谈论着什么,好奇地走过去,结果这几个聊得正欢的家伙,突然站起来,默默地散开了,有一个正对着她的人还故意把头扭开,不看她!

这是什么情况?直接被人民群众孤立了吗?我怎么都不认识他们了!

才一年,心力交瘁的她就辞职做回了普通老师。

几天之后，她明显觉得整个世界都正常了，花红了，草绿了，小鸟也欢快地唱歌了；风清了，云淡了，人的面相也和善了。

她问同事为什么在她当教务主任期间疏远自己，大家一脸无辜地回答，没有啊，你想多了，我们经常私下心疼你呢，累得跟狗一样，哪里舍得耽误你嘛，现在可好了，又轻松了，哈哈哈！

那么，有一次，你们明明在谈论什么，见我来了就散开了，是在背后说我坏话吧？连眼神都怪怪的。

咳，那一次呀，校长就在你后面板着脸跟着来了呀，你不知道吧！

原来如此，错怪大家了，可是为什么心里还是有个坎儿过不去呢。

环境也许并没有变，改变的是我们的内心。孤单寂寞的时候，才发现人真的是群居动物，群居得太久了，就失去了独处的能力。

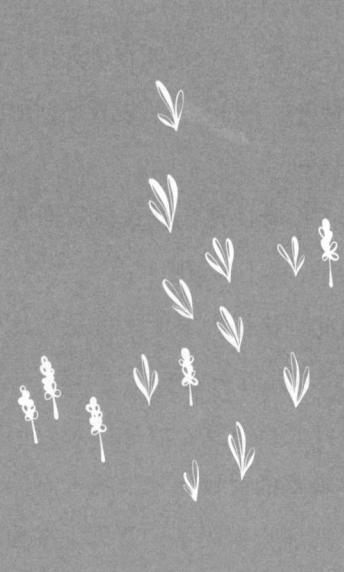